I0544519

UN HÉROS POUR MACIE

UN HÉROS POUR MACIE (DELTA FORCE HEROES, TOME 10)

SUSAN STOKER

DU MÊME AUTEUR

Autres livres de Susan Stoker

Delta Force Heroes Series

Un héros pour Rayne

Un héros pour Emily

Un héros pour Harley

Un mari pour Emily

Un héros pour Kassie

Un héros pour Bryn

Un héros pour Casey

Un héros pour Wendy

Un héros pour Mary

Un héros pour Macie

Un héros pour Sadie

Forces Très Spéciales Series

Un Protecteur Pour Caroline

Un Protecteur Pour Alabama

Un Protecteur Pour Fiona

Un Mari Pour Caroline

Un Protecteur Pour Summer

Un Protecteur Pour Cheyenne

Un Protecteur Pour Jessyka

Un Protecteur Pour Julie

Un Protecteur Pour Melody

Un Protecteur Pour the Future

Un Protecteur Pour Kiera

Un Protecteur Pour Les Enfants de Alabama

Un Protecteur Pour Dakota

Mercenaires Rebelles

Un Défenseur pour Allye

Un Défenseur pour Chloé

Un Défenseur pour Morgan

Un Défenseur pour Harlow

Un Défenseur pour Everly

Un Défenseur pour Zara

Un Défenseur pour Raven

Ace Sécurité

Au Secours de Grace

Au Secours de Alexis

Au Secours de Bailey

Au Secours de Felicity

Au Secours de Sarah

CHAPITRE UN

Mercedes Laughlin était au lit en train de lire lorsqu'elle entendit un bruit.

Au début, elle n'y prêta pas beaucoup attention. Elle entendait toujours des bruits quelconques la nuit. L'immeuble dans lequel elle vivait n'était pas vraiment calme. Il y avait des gens qui entraient et sortaient à toute heure du jour et de la nuit, et elle avait entendu bon nombre de disputes conjugales.

L'appartement de Macie était au premier étage et orienté vers l'arrière de l'immeuble. Elle adorait pouvoir voir un ruisseau serpenter entre les hectares couverts d'arbres depuis son salon. Et étant donné qu'elle y passait la plupart de son temps, assise à son bureau et travaillant sur son ordinateur, c'était apaisant. Ce n'était pas l'immeuble le plus cher de Lampasas, mais ce n'était pas un taudis non plus. Somme toute, elle avait eu la chance de trouver un endroit où elle se sentait en sécurité et où elle pouvait être proche de son frère.

Mais le bruit qu'elle avait entendu n'était pas habituel. Il n'était pas comme les sons qu'elle entendait provenir de l'extérieur... des voitures passant, des gens en train de parler, on aurait dit qu'il venait de l'intérieur même de son appartement.

Posant sa liseuse électronique, elle retint sa respiration et attendit de voir si elle entendait à nouveau le son étrange.

Lorsque ce fut le cas, et qu'il sembla plus proche, Macie s'immobilisa. Puis, elle entendit une voix.

— La ferme, imbécile ! Il ne faut pas qu'elle se réveille avant qu'on ne soit dans sa chambre.

— Elle ne va pas m'entendre traîner des pieds par terre, mais elle *va* t'entendre parler, abruti. Alors *tu* la fermes !

Sans même y réfléchir, Macie repoussa les couvertures, prit son téléphone portable et se dirigea vers son dressing et la sorte de pièce de sécurité qu'elle y avait. Mais ce que la personne, quelle qu'elle soit, qui était entrée dans son appartement dit ensuite l'arrêta dans son élan.

— Souviens-toi, si elle n'est pas dans son lit quand on y sera, vérifie dans le fond du dressing. Il a dit que c'était là où le truc serait et où elle se cacherait certainement de toute façon. Si on pousse le côté droit, la porte s'ouvrira.

— Tu vas me laisser me la faire en premier ?

Macie avait du mal à respirer à présent et la tête lui tournait, mais elle n'hésita pas tandis qu'elle changeait de direction et qu'elle se dirigeait à la place vers la fenêtre.

En tant que personne souffrant d'anxiété, elle s'était assurée d'avoir un endroit où se sentir complètement en sécurité à l'intérieur de son appartement. Elle avait engagé un charpentier local pour construire un faux mur à l'arrière de son dressing. Il y avait juste assez de place derrière pour qu'elle puisse s'asseoir et être à l'aise. Elle utilisait cet espace quand elle avait besoin d'une obscurité et d'un calme complets, ou quand elle était tout simplement accablée par ce qu'il se passait dans sa vie.

Mais cette cachette ne la maintiendrait pas en sécurité ce soir. Qui que soient les hommes dans son appartement, ils connaissent l'existence de cet espace, et c'était de toute évidence le premier endroit où ils la chercheraient.

Elle n'aimait pas du tout la voix de l'homme qui voulait « se la faire en premier ».

Elle allait donc avoir recours au Plan B.

Son premier choix serait toujours de se cacher à l'intérieur. Loin du monde. Couvée face aux regards indiscrets et critiques. Mais étant pragmatique, elle savait aussi que si une tornade arrivait ou s'il y avait un incendie, elle ne pouvait pas se cacher à l'intérieur de son appartement. Elle avait besoin d'une échappatoire. Et c'était l'autre raison pour laquelle elle avait choisi cet appartement.

Il y avait un grand arbre juste devant sa chambre. Ce n'était pas facile, mais elle pouvait sauter du bord de sa fenêtre jusqu'à une large branche qui poussait perpendiculairement au sol, en direction de l'immeuble. Elle savait qu'elle pouvait le faire, car elle s'était entraînée. Toujours au milieu de la nuit, quand personne n'était aux alentours pour voir ce qu'elle faisait et la juger.

À chaque instant de sa vie, Macie s'inquiétait de ce que les gens pensaient d'elle. Est-ce qu'ils la regardaient et se moquaient de ses vêtements ? Est-ce que sa coiffure était étrange ? Après avoir rencontré quelqu'un, elle se demandait toujours si elle avait dit ce qu'il fallait, si cette personne parlait d'elle à ses amis.

C'était une malédiction, et elle détestait se sentir ainsi, mais elle ne pouvait pas y mettre fin. Elle prenait du Lexapro tous les jours pour essayer de contrôler son anxiété et pour faire taire les voix dans sa tête qui lui disaient continuellement qu'elle n'était pas assez bien, pas assez intelligente, ou incapable de faire son travail. Et quand cela était nécessaire, elle prenait un cachet de Vistaril, qui lui permettait de ne rien sentir du tout, et c'était un véritable bonheur lorsque son anxiété prenait le dessus.

Sachant que son appartement n'était pas très grand et qu'elle avait seulement quelques secondes avant que les hommes n'entrent dans sa chambre, Macie leva rapidement sa fenêtre, reconnaissante de s'être récemment assurée qu'elle fonctionnait bien, et jeta un coup d'œil à la branche d'arbre. Son souffle était court et elle sentait le bout de ses doigts commencer à fourmiller. Elle voulait vraiment se précipiter à l'intérieur et prendre ses médicaments, mais elle n'avait pas le temps.

— Souviens-toi, il n'est pas sûr qu'elle ait déjà trouvé le truc, mais si nous le trouvons ce soir, nous gagnerons mille dollars de plus. Alors, ne passe pas trop de temps avec la salope.

— Oooooh, allez. J'adore ça quand elles pleurent et se débattent. Ça rend les choses bien plus agréables.

Il y eut un bruit étouffé de gifle et un *oh* avant que le premier homme dise :

— On prend le truc d'abord. Ensuite, si on a le temps, tu pourras t'amuser.

Les hommes murmuraient, mais elle pouvait quand même entendre clairement ce qu'ils disaient. Macie n'avait pas besoin d'être une savante pour savoir de quoi ils parlaient. Du moins, en ce qui concernait « l'amusement » que cet homme désirait. Elle n'avait pas la moindre idée de ce qu'ils pouvaient chercher, mais elle n'avait même plus le temps d'y penser.

Si elle avait été en train de dormir, elle ne les aurait même pas entendus avant qu'il ne soit trop tard.

Tout en mettant son téléphone dans la ceinture du short de pyjama qu'elle portait, Macie se pencha et monta sur le rebord de la fenêtre. S'assurer qu'elle ait toujours son téléphone portable était une seconde nature chez elle. Elle avait besoin de la sécurité qu'il fournissait. Le petit appareil électronique était une manière d'appeler de l'aide si son anxiété la submergeait complètement... ce qui avait été le cas plus d'une fois.

Elle aurait souhaité pouvoir trouver un moyen de fermer la fenêtre après avoir sauté, pour que les hommes dans sa chambre ne sachent pas où elle était allée, mais il était trop pour penser à cela à présent.

Alors qu'elle faisait de l'hyperventilation, Macie regarda la branche... et sauta.

Elle expulsa l'air de ses poumons en atterrissant sur le ventre. Elle s'accrocha comme si sa vie en dépendait, mais elle tremblait de tous ses membres et n'était pas sûre de pouvoir tenir. Elle sentit vaguement l'intérieur de ses cuisses brûler après les avoir éraflées sur l'écorce rugueuse, mais elle remarqua à peine la douleur. Elle avait probablement une trentaine de secondes, maximum, avant que l'un des hommes ne regarde par la fenêtre. Ils verraient probablement le lit vide et iraient directement vers le dressing en premier. Du moins, elle espérait que c'était ce qu'ils feraient. Cela lui ferait gagner un peu de temps.

À pas prudents, Macie déplaça ses pieds sur la large branche, se retenant aux plus petites qui se trouvaient au-dessus d'elle tandis qu'elle se dirigeait vers le tronc. Elle commença à descendre de l'arbre aussi vite que possible, comptant les secondes mentalement. Lorsqu'elle s'était entraînée, elle portait toujours un jean et des tennis. Les pieds nus et les shorts de pyjama n'étaient pas vraiment favorables à une évasion au milieu de la nuit.

Macie essayait d'être silencieuse tandis qu'elle se déplaçait aussi vite que possible. La descente était plus difficile à cause de son manque de vêtements adaptés et de la façon dont tout son corps tremblait. Tendant la jambe vers la dernière branche, elle soupira de soulagement en pensant qu'elle y était arrivée.

— Hey ! cria une voix basse au-dessus d'elle.

Elle sursauta tellement fort qu'elle manqua la branche et tomba le petit mètre qui la séparait du sol, atterrissant sur les fesses. Sans regarder la fenêtre, Macie se mit sur pied d'un bond et partit en courant. Tout en courant, elle sortit son téléphone, qui n'était miraculeusement pas tombé de son short lorsqu'elle descendait de l'arbre, et elle appuya frénétiquement sur l'un des numéros sauvegardés tout en cherchant où elle pourrait se cacher.

* * *

Le colonel Colton Robinson passa une main sur son visage avec lassitude. Il était deux heures et demie du matin et les deux équipes de la Delta Force étaient en train de terminer leur compte-rendu de la mission dont ils revenaient. Les quatorze hommes, de deux équipes différentes, avaient travaillé ensemble pour faire tomber une cible de grande valeur qui s'était cachée en Afrique. Sur le plan logistique, la dernière semaine et demie avait été une plaie, pourtant Colt n'avait pas douté une seconde des hommes qui étaient sous ses ordres.

Les membres de l'équipe de Ghost étaient plus âgés et avaient plus d'expérience, et ils avaient tendance à pécher par excès de prudence. Les sept hommes étaient mariés, certains avaient des enfants, leur principale inquiétude était donc de rentrer chez eux et de retrouver leurs familles sains et saufs. Les hommes de l'équipe de Trigger, en revanche, étaient plus jeunes ; ils avaient presque tous plus ou moins trente ans et étaient tous célibataires. Ils n'hésitaient pas à prendre des risques et à faire le nécessaire pour accomplir leur tâche.

Ensemble, les quatorze hommes étaient les meilleurs qu'il ait jamais eu le plaisir de commander. Colt avait confiance en chacun d'entre eux, et la dernière mission n'avait pas été une exception. Le HVT avait été neutralisé et ils l'avaient fait sans briser leur couverture. D'après ce que savait le gouvernement africain et l'organisation terroriste, l'homme était mort dans une escarmouche locale, pas aux mains des militaires américains.

Colt savait que tout le monde avait hâte de rentrer à la maison, mais le compte-rendu était obligatoire. Il écouta Lefty expliquer comment ils étaient sortis de l'enceinte où le HVT était terré. Colt connaissait tous les détails, mais le protocole exigeait qu'ils les passent en revue à nouveau.

Il entendit le son reconnaissable d'un téléphone en train de vibrer et se retourna pour froncer les sourcils en direction de l'homme assis à sa gauche. Truck savait qu'ils n'étaient pas censés avoir leurs téléphones allumés, mais au moins, il avait eu la décence de le mettre en vibreur. Colt ne le réprimanderait pas – s'*il* avait eu une femme ou des enfants à la maison, il voudrait qu'ils puissent le joindre à tout moment –, mais il adressa un regard noir à Truck pour lui faire savoir qu'il était sur la corde raide.

Truck baissa les yeux vers son téléphone et fronça les sourcils. Il approcha le téléphone de son oreille.

— Mace ? Qu'est-ce que...

À la seconde où Truck prononça le nom de sa sœur, Colt se redressa sur sa chaise et toute son attention se porta sur le soldat assis à côté de lui.

Au cours des deux derniers mois, il avait si souvent

souhaité demander le numéro de la sœur de Truck, mais n'avait pas voulu faire pression sur Macie avec son attention si elle ne le souhaitait pas. Et il ne pouvait que supposer qu'elle ne le souhaitait pas, car il lui avait demandé franchement s'il pourrait la revoir la dernière fois qu'ils avaient été ensemble et elle était partie discrètement de chez lui sans un mot, le laissant sans moyen d'entrer en contact avec elle.

Les souvenirs de la dernière fois qu'il avait vu Macie furent interrompus quand Truck se leva et se dirigea vers la porte, le téléphone toujours collé à son oreille.

Sans réfléchir, Colt se leva à son tour et suivit Truck. Au dernier moment, il se tourna vers le groupe d'hommes qui étaient encore assis autour de la table.

— Vous pouvez partir, dit-il distraitement.

Ils finiraient le compte-rendu plus tard.

— Monsieur ? lança Ghost alors que Colt était sur le point de disparaître.

Il fit un signe de la main à l'autre homme et dit :

— Je vous appellerai si nous avons besoin de vous.

Puis, il s'élançait derrière Truck dans le couloir.

— Mace, va moins vite. Qu'est-ce qui ne va pas ? demanda Truck.

Le sang de Colt se glaça dans ses veines. Il se précipita pour le rattraper, tâchant de se contrôler et de ne pas arracher le téléphone des mains de Truck.

— J'arrive ! dit-il avec urgence. Trouve un endroit où te cacher. Je suis en chemin.

Voilà. Colt était fini.

— Donne-moi le téléphone, ordonna-t-il.

Le regard de Truck croisa le sien et il fronça les sourcils de surprise et d'agacement.

Colt remua les doigts.

— Passe-la-moi. Tu conduis. Je vais parler.

Étonnamment, Truck hocha la tête et lui passa le téléphone. Les deux hommes se ruèrent dans le couloir jusqu'à la porte qui menait au parking. Colt mit la main dans sa poche et lança son porte-clés à Truck tout en portant le téléphone à son oreille.

— Macie ?

— Oui ? répondit-elle faiblement.

— C'est Colt. Du mariage de Truck. Que se passe-t-il ? Où es-tu ?

Il pouvait l'entendre respirer difficilement tandis qu'elle faisait de l'hyperventilation, et cela ne fit qu'accroître son inquiétude.

— Mon appartement. Des hommes sont entrés par effraction. Je suis sortie, mais je ne sais pas où aller !

Le cœur de Colt se mit à battre à tout rompre à ces mots. Truck et lui atteignirent sa Jeep Wrangler et ils bondirent tous les deux à l'intérieur. Il sortit son propre téléphone et appela les urgences, puis le tendit à Truck. L'autre homme démarra la Jeep et commença à parler à l'opérateur en même temps. En quelques secondes, ils se ruèrent hors du parking et se dirigèrent vers le portail principal du poste militaire.

— Qu'est-ce que tu vois autour de toi ? demanda Colt à Macie. Regarde autour de toi, Macie. Dis-moi ce que tu vois, ordonna-t-il.

— Un grand parking ouvert. Des arbres sur le bord.

— Est-ce qu'il y a de la lumière ? Des voitures garées les unes près des autres ?

— Des lumières près des bâtiments, pas tant que ça et plus loin. Il y a beaucoup de voitures. Oh, merde... dit-elle.

— Quoi ? Macie, parle-moi, aboya Colt.

— J'entends les hommes, murmura Macie. Ils me cherchent.

La terreur dans sa voix fit monter la panique de Colt et il maintint le téléphone contre son torse une seconde pour essayer de recouvrer son sang-froid. Il se tourna vers Truck.

— Dépêche-toi. Va aussi vite que tu peux, putain. Ils la pourchassent.

À la seconde où les mots sortirent de sa bouche, Colt sentit la Jeep s'élancer en avant. Le fait que ce soit le milieu de la nuit et que personne ne soit dans les rues était une bonne chose. Truck conduisait comme s'il avait le diable aux trousses.

Ils étaient à environ cinquante kilomètres de Lampasas. Impossible d'arriver à temps pour l'aider si ces connards lui mettaient la main dessus. Truck avait appelé la police, mais Colt savait que ce qu'il avait dit à Macie deux minutes plus tôt pourrait être une question de vie ou de mort.

— Éloigne-toi des lumières. S'il fait sombre, ils ne pourront pas voir exactement où tu es, lui dit-il avec insistance. Tu comprends ?

— O-oui.

— Est-ce qu'ils t'ont vue ?

— J-Je ne pense pas.

Elle respirait difficilement et elle continuait de haleter. Colt avait mal à la poitrine pour elle.

— Bien. Dirige-toi vers une rangée de voitures aussi éloignées des lumières que possible. Mets-toi sous l'une d'entre elles. Pas derrière, en dessous. Ensuite, s'il le faut, tu peux ramper sous la suivante. Puis, la suivante. N'arrête pas de bouger s'il le faut. Si possible, passe de voiture en voiture jusqu'à une section de véhicules qu'ils ont déjà examinés. En dernier recours, dirige-toi vers les arbres, mais *uniquement* s'ils ne te voient pas. La dernière chose que tu veux, c'est t'éloigner davantage de la civilisation où ces hommes pourraient te faire ce qu'ils veulent sans personne pour l'entendre ou le voir. Compris ?

Elle ne lui répondit pas, mais il entendait sa respiration rapide et superficielle à travers le téléphone.

— Je suis là, dit-il, forçant sa voix à être plus basse et calme.

Elle avait besoin qu'il soit son roc à ce moment

précis. Il ne pouvait pas la laisser entendre la moindre trace de panique dans le ton de sa voix.

— Je suis avec toi, Macie. Tu t'en sors très bien. Contente-toi de m'écouter. Tu es incroyable. Je suis sûr qu'ils ne s'attendaient pas à ce que tu te montres plus rusée qu'eux. Contente-toi de continuer de faire ce que tu fais. Tu vas y arriver.

Colt continua sa litanie d'éloges tout en agrippant le téléphone si fort qu'il en avait des crampes dans les doigts.

Il jeta un œil au compteur de vitesse et vit que Truck allait à environ cent cinquante kilomètres à l'heure. La Wrangler tremblait légèrement à cause de la vitesse, mais la seule chose à laquelle Colt pouvait penser était : *va plus vite. Bon sang, va plus vite.*

— Ils viennent vers moi, dit Macie, et Colt baissa le menton contre son torse, ferma les yeux et pria plus fort que jamais.

Macie ignorait complètement ce que Colt faisait avec son frère à deux heures et demie du matin, mais elle ne pouvait nier le fait qu'elle en était extrêmement reconnaissante. Elle ne tressaillit même pas quand Colt appela son frère Truck. Apparemment, on lui avait donné un surnom quand il avait rejoint l'armée. Elle essayait de se souvenir de l'appeler ainsi, mais étant donné qu'il avait été nommé Ford aussi longtemps qu'elle s'en souvienne, c'était difficile.

Et elle avait beau savoir que son frère l'aurait aidée, entendre la voix posée de Colt lui permettait de garder les pieds sur terre. Elle se souvenait qu'après le mariage de Truck, lorsqu'elle avait eu une crise d'angoisse, il l'avait tenue contre lui et lui avait parlé de sa voix grave et profonde. Cela l'avait tellement aidée. Il l'avait calmée et aidée à sortir de l'obscurité dans laquelle son esprit était entré.

La même chose était en train de se produire cette nuit-là. Elle avait paniqué et avait foncé tête baissée à travers le parking, sans avoir la moindre idée de quoi faire et d'où aller avant qu'il ne la force à prêter attention à ce qui l'entourait. Il lui avait donné quelque chose sur lequel se concentrer, et elle appréciait qu'il prenne le contrôle et lui dise quoi faire.

Elle ignorait pourquoi il ne l'avait pas appelée après le mariage de son frère. Il lui avait proposé un rendez-vous et elle avait eu très envie de passer plus de temps avec lui, mais il ne l'avait pas rappelée. Il ne l'avait pas contactée. Son rejet l'avait blessée, mais elle n'avait pas vraiment été surprise. C'était une emmerdeuse, et une personne aussi fantastique que Colt ne voudrait pas être avec elle.

Cependant, à ce moment-là, elle avait des problèmes plus urgents auxquels penser. Se retournant vers le bâtiment, Macie ne vit aucun signe des hommes qui étaient entrés par effraction dans son appartement, mais elle pouvait entendre leurs pas. Macie se baissa derrière une voiture et tomba à genoux.

Elle grimaça, mais ignora la douleur et rampa entre une rangée de voitures, s'assurant de rester hors de vue. Puis, elle s'allongea sur le ventre et rampa sous une des voitures du parking. Elle portait un débardeur moulant et son short de pyjama, car elle détestait se sentir serrée dans des vêtements lorsqu'elle dormait.

— Macie ? demanda Colt.

Elle ouvrit la bouche pour répondre lorsqu'elle entendit l'un des hommes dire à son ami :

— Elle doit être par là. Nous avons vérifié toutes les autres voitures.

Elle eut l'impression d'avoir une crise cardiaque. Sa poitrine était serrée et elle ne parvenait pas à inspirer assez d'air dans ses poumons. Mais elle ne pouvait pas haleter, car ils l'entendraient.

Macie se réprimanda mentalement pour avoir appelé son frère et non pas la police. Si elle avait appelé les urgences, ils seraient probablement déjà là à présent.

— Doucement, Mace, dit Colt dans son oreille.

Elle serra les dents et s'obligea à l'écouter, lui, au lieu des deux hommes qui la cherchaient encore.

— Tu peux le faire. Tu m'as dit qu'avant, tu jouais au soldat avec Truck quand tu étais plus jeune. C'est la même chose. Tu te souviens de la fois où tu t'étais cachée un après-midi et qu'il ne te trouvait nulle part ? Essaye de le refaire. Il fait noir là où tu es, pas vrai ? Si tu es silencieuse, ils ne te verront jamais. Ils vont passer juste à côté de toi.

Macie acquiesça, même si Colt ne pouvait pas la voir. Elle lui avait parlé du fait qu'elle s'était cachée de son grand frère quand elle était allée chez Colt, la nuit du mariage de Ford. Elle avait rampé sous un buisson à côté de la maison du voisin et son frère n'avait pas été capable de la trouver. Elle avait fini par s'endormir et Ford avait été fou d'inquiétude, pensant qu'elle avait été enlevée dans la rue. Il était passé devant sa cachette des douzaines de fois sans savoir qu'elle était là.

Ce n'était qu'une question de temps avant que l'un des hommes ne la trouve sous la voiture, cependant. Ce n'était pas un jeu et elle n'était plus une enfant. Macie était sûre qu'ils la cherchaient sous chacun des véhicules. Simplement rouler sous la voiture d'à côté ne fonctionnerait pas ; elle finirait par ne plus avoir de voitures et par être coincée.

Macie fit marche arrière rapidement, essayant toujours d'être aussi silencieuse que possible. Ses genoux étaient en train d'être mis en lambeaux, mais elle sentait à peine l'asphalte rugueux qui leur rentrait dedans. Elle se tortilla jusqu'à l'arrière du SUV sous lequel elle était recroquevillée et se retourna. Elle était au bord du parking et il y avait une rangée de haies, puis les arbres et la crique qu'elle adorait regarder tout en travaillant.

Se remémorant ce que Colt lui avait dit, elle résista à l'envie de se lever et de courir vers les arbres. Au lieu de cela, elle resta à quatre pattes et rampa rapidement vers l'épaisse haie. Elle se fraya un chemin entre les feuilles, reconnaissante que ce ne soit pas l'hiver et qu'il y avait bien des feuilles derrière lesquelles se cacher. Les branchages égratignaient ses bras, mais de nouveau, elle ne sentit pas la légère piqûre. Du haut de son mètre soixante-quatorze, elle n'était pas vraiment petite, mais elle serra ses genoux contre sa poitrine et enroula ses bras autour d'eux. Elle porta le téléphone à son oreille et baissa la tête entre ses genoux, essayant de se faire aussi petite que possible.

— J'ai rampé dans un tas de buissons, dit-elle dans un murmure monotone. Colt ?

— Oui, Mace ? Je suis là. Tu es cachée ? Est-ce que tu es en sécurité ? Est-ce que les hommes continuent de te chercher ?

— Je n'arrive pas à respirer.

— Si, tu le peux. Tu t'en sors très bien. Inspirer, expirer. Tu te souviens de la façon dont tu respirais avec moi, l'autre nuit ? Ferme les yeux. Imagine que nous sommes de nouveau dans mon lit. Je suis derrière toi, et ma main est sur ta poitrine. Inspirer... et expirer. Ralentis tes respirations, Mace. C'est ça. Ils vont passer juste à côté de toi. Ils ne peuvent pas te voir. Inspirer… et expirer. C'est bien. Tu t'en sors très bien.

Étonnamment, sa voix dans son oreille, en plus du fait qu'elle se pinçait la cuisse pour essayer de s'obliger à détourner son attention de sa situation, fonctionnait. Elle respira avec lui, sans faire de bruit. Macie sentait ses poumons se détendre quelque peu.

— Tu commences de ce côté, je vais commencer là-bas. Si elle n'est pas sous les voitures, je suppose qu'elle a fui vers les arbres. Nous pouvons la rattraper et nous assurer qu'elle n'a pas trouvé le truc et qu'elle n'a pas tout déballé aux poulets.

— Ensuite, je pourrai m'amuser ? demanda l'autre homme.

— Bon sang, tu n'as qu'une idée en tête. Oui, une fois qu'elle aura vidé son sac, tu pourras faire tout ce que tu veux d'elle, putain.

Leurs voix portaient suffisamment pour que Colt les entende.

— Ne les écoute pas, Mace. Concentre-toi seulement sur moi. Ça va aller. Nous sommes presque arrivés. Tu dois juste tenir bon encore quelques minutes. Tu peux le faire. C'est un jeu d'enfant.

La voix de Colt était presque aussi agréable que les médicaments qu'elle utilisait pour contrôler son anxiété et ses crises de panique. Presque.

Macie entendit les hommes se rapprocher de plus en plus de sa cachette et elle sentit sa respiration accélérer à nouveau. Elle ne pouvait pas l'en empêcher. Ils allaient la trouver et la torturer jusqu'à ce qu'elle leur donne l'information. Elle ne savait pas ce qu'ils cherchaient lorsqu'ils étaient entrés par effraction, mais elle leur dirait tout ce qu'ils voulaient tant qu'ils ne lui faisaient pas de mal.

— Douuuuucement, chérie. Tu vas y arriver.

C'était le problème. Elle n'allait *pas* y arriver. Mais grâce à un miracle quelconque, Colt pensait qu'elle le pouvait. Sa voix était encore régulière et contrôlée.

— Merde. Elle n'est pas là ! se plaignit l'un des hommes après avoir dépassé sa cachette.

— Allez, elle doit bien être quelque part par ici. Elle est pieds nus et en pyjama, putain. Aucun véhicule n'est parti, elle ne s'est donc pas tirée en voiture. Cette abrutie de salope se cache, c'est tout. Va de ce côté et je vais...

Sa voix se tut brusquement quand le son des sirènes se fit entendre au loin.

— Merde. Elle a appelé les flics, putain ! dit l'homme qui voulait « faire ce qu'il avait envie » d'elle. Nous devons partir d'ici.

— Merde. C'est mort pour les mille dollars supplémentaires, se plaignit l'autre homme. Nous reviendrons après que les flics sont partis. Elle ne s'échappera pas de nouveau.

Macie ne bougea pas d'un doigt après avoir entendu les hommes s'enfuir. Elle resta où elle était, refusant de faire quelque chose de stupide comme sortir de sa cachette trop tôt et voir les hommes l'attraper après tout ce qu'elle avait fait pour leur échapper.

— Est-ce que ce sont des sirènes ? demanda Colt dans son oreille.

Macie hocha la tête, sachant qu'il ne pouvait pas la voir, mais incapable de parler. Ses cordes vocales s'étaient refermées et refusaient de fonctionner. Ses lèvres étaient sèches et elle n'avait pas assez de salive dans la bouche pour les humecter.

— Ne sors pas, chérie. Reste juste là où tu es. Nous serons là dans... – il y eut une pause et Macie imagina qu'il se tournait vers son frère – moins de dix minutes. Même si tu entends les flics, ne bouge pas. Truck dira à l'opérateur des urgences que tu as trop peur pour sortir. Tu n'auras pas d'ennuis. Tu m'entends ?

Macie hocha à nouveau la tête, mais ne parla pas.

— Je suis fier de toi, Mace. Tu t'en sors très bien. Tu as fait ce qu'il fallait. Tu es sortie de ton appartement, a appelé à l'aide et tu es restée cachée. C'est exactement ce que tu aurais dû faire.

Ses éloges étaient comme un baume pour son âme. Elle n'était pas sûre de le croire, elle se sentait comme la plus grande lâche du monde, mais pour le moment, à cet instant précis, elle choisit de prendre ses mots à la lettre.

Elle entendait les sirènes devenir de plus en plus

fortes, mais elle resta concentrée sur Colt. Si elle ne le faisait pas, elle savait qu'elle s'écroulerait complètement.

Colt ignora les regards que Truck mitraillait dans sa direction depuis le siège conducteur. Il savait que l'autre homme aurait beaucoup à lui dire plus tard… non pas qu'il puisse le lui reprocher. Il recommençait tout juste à connaître sa sœur et, de toute évidence, il n'avait pas su qu'elle souffrait d'angoisse ni que son commandant avait passé la nuit avec elle après le mariage de Truck.

Ils n'avaient rien *fait,* mais Colt ne pensait pas que cela aurait de l'importance pour Truck.

À ce moment précis, toute son attention était portée sur Macie. Il pouvait l'entendre respirer de l'autre côté de la ligne, et il entendait également les sirènes en arrière-plan, mais plus important encore, il n'entendait plus les hommes qui la cherchaient.

Il continua sa litanie de mots réconfortants, ne voulant pas qu'elle bouge avant qu'il ne puisse l'atteindre, agrippant la poignée qui se trouvait au-dessus de sa tête tandis que Truck continuait à conduire comme un dératé. Truck n'y allait pas de main morte. Il fit aller la Wrangler aussi rapidement qu'elle le pouvait. C'était un miracle qu'ils ne se soient pas fait arrêter par un policier. Même avec ses références et le fait que Truck était au téléphone avec un opérateur des urgences, il ne pensait pas qu'un officier de police apprécierait la façon dangereuse dont Truck conduisait.

Truck raccrocha et Colt se tourna vers lui. Les lèvres de l'autre homme étaient serrées et il semblait sur le point de perdre le contrôle de lui-même. Colt voulait dire à Truck de se reprendre, que le voir en train de piquer une crise était la dernière chose que sa sœur avait besoin de voir, mais il ne pouvait, car il était encore en train de parler à Macie.

— Macie ? Nous sommes presque arrivés. Je peux voir ton immeuble en face de moi. Il est illuminé comme un sapin de Noël avec toutes les lumières bleues et rouges de la police qui est là. Tu es en sécurité. Nous sommes là. Reste cachée jusqu'à ce que je vienne te chercher, d'accord ?

Elle ne lui avait pas répondu avant, mais en réponse à cette question, il reçut un léger murmure. Rien que cela le fit se sentir mieux.

Il ne savait pas exactement où elle était, mais une fois que Truck se fut arrêté sur le parking, il regarda autour de lui et essaya de le voir du point de vue de Macie.

— Où est son appartement ? demanda-t-il à Truck.

L'autre homme désigna un immeuble sur la gauche.

Hochant la tête, Colt sortit de la Jeep et se dirigea dans cette direction. Il fut arrêté par la main de Truck sur son bras.

— Vous allez chercher ma sœur et je vais parler aux flics. Mais il va falloir qu'on parle. *Monsieur.*

Le rang fut ajouté à la fin de sa phrase de telle manière qu'il exprimait l'irritation de Truck face à son officier commandant.

Lui adressant un hochement de la tête, Colt se tourna vers une rangée de voitures au fond du parking. Il n'y avait pas de lumière éclairant tout le bitume et, au loin, il pouvait voir des silhouettes sombres qu'il imaginait être les arbres que Macie lui avait décrits.

Il se souvint qu'elle avait parlé d'à quel point ils étaient beaux et de la façon dont elle aimait les regarder quand elle travaillait à son bureau dans son appartement. Elle s'était remise d'une crise d'angoisse après la réception de mariage et elle était détendue et chaude dans ses bras. Juste après cela, Colt lui avait dit qu'il voulait l'inviter à dîner et elle n'avait ni accepté ni refusé. Il avait pris cela pour un bon signe, mais bien entendu, il avait eu tort et elle était partie le lendemain matin sans un mot et sans le réveiller.

Écartant ses souvenirs, Colt se concentra sur la recherche de Macie.

— Je suis là, lui dit-il doucement au téléphone. Tu vas devoir sortir pour que je puisse te voir. Si ces autres hommes n'ont pas pu te trouver, il n'y a aucune chance que j'y arrive.

Il mentait, mais il voulait la rassurer quant au fait que sa cachette était sûre. Quant au fait qu'elle avait bien fait.

— Mace ? Tu peux sortir maintenant. Ton frère est là. Tu es en sécurité.

Il attendit un instant... puis entendit un bruissement venir de la gauche. Il se tourna vers le rang de haies qui semblait bien trop fin pour dissimuler une femme adulte, mais c'était bien de ces buissons que Macie était en train de sortir.

Raccrochant le téléphone de Truck, il le fourra dans sa poche arrière tout en courant vers Macie. Elle était à quatre pattes et elle leva des yeux écarquillés vers lui.

Sans réfléchir, il tomba à genoux et la prit dans ses bras. Au lieu de reculer, elle s'accrocha à lui tellement fort qu'il pouvait à peine dire où elle finissait et où il commençait. Il pouvait sentir son cœur battre bien trop vite contre son torse et elle enfouit son visage dans l'espace entre son cou et son épaule. Ses bras s'enroulèrent autour de lui et elle s'accrocha à son dos. On aurait dit qu'elle essayait littéralement de ramper en lui.

— Chuuut, murmura-t-il. Je suis là. Tu es en sécurité.

Macie ne pleura pas. Elle se contenta de s'accrocher à lui comme s'il était la seule chose qui la séparait d'une mort certaine. Et d'une certaine manière, il supposait que cela avait été le cas.

Il ignorait combien de temps ils avaient passé ainsi. Tout ce qu'il savait, c'est comme il était bon de la sentir dans ses bras et qu'il était sacrément soulagé qu'elle aille bien. Finalement, Colt s'obligea à relâcher son étreinte et s'écarta d'elle. Elle résista, mais il tendit le bras et prit ses poignets dans ses mains. Son pouls continuait de battre à toute vitesse comme s'il avait couru un kilomètre et demi.

— Salut, Mace, dit-il en souriant.

Elle fit de son mieux pour lui rendre son sourire, mais il s'effaça rapidement de son visage.

— Est-ce que tu es blessée ?

— Non. Du moins, je ne pense pas, dit-elle doucement.

Colt l'examina autant que possible, mais il faisait sombre dans ce coin du parking et il ne pouvait pas voir grand-chose. Elle portait un débardeur sombre et un short assorti. Il pensa distraitement au fait qu'il était ravi qu'elle n'ait pas porté de blanc avant de se mettre sur pied et de l'attirer avec lui.

— Oh ! s'exclama-t-elle quand elle se leva et que ses genoux cédèrent.

Colt ne perdit pas de temps à lui demander ce qui n'allait pas. Il se contenta de passer un bras autour de son dos et un autre sous ses genoux avant de la soulever.

Elle s'agrippa à lui.

— Ne me laisse pas tomber !

— Bien sûr que non. Tu ne pèses pas plus lourd que les sacs que je portais au cours de mes missions, la rassura Colt. Je te tiens.

Il vit qu'elle serrait encore son téléphone portable dans sa main et ne se donna pas la peine de lui dire de le ranger. Premièrement, il ignorait où elle le mettrait, et deuxièmement, il avait été sa corde d'assurance, et il la laisserait le tenir aussi longtemps qu'elle en aurait besoin si cela la faisait se sentir plus en sécurité.

Il commença à marcher vers les gyrophares des voitures de police, où ils trouveraient sans doute Truck.

Elle reposa sa tête sur son épaule et Colt se sentit grand et fort. Il adorait la façon dont Macie était dans ses bras, la sensation de la tenir. Il se fichait de son angoisse. Personne n'est parfait. Et s'il pouvait la faire se sentir mieux à propos d'elle-même et de ce qu'il se passait dans sa vie, il serait satisfait.

CHAPITRE DEUX

Macie était assise de travers à la table de sa salle à manger et observait d'un œil méfiant la police et les détectives qui déambulaient dans son appartement. Truck était debout à sa gauche, les bras croisés sur son torse et un air renfrogné sur le visage. Après avoir passé une couverture sur les épaules de Macie, Colt s'assit en face d'elle, lui tenant la main. En réalité, il ne l'avait pas lâchée depuis qu'il était allé la chercher dans sa cachette.

— Pourquoi ne me dites-vous pas tout ce qu'il s'est passé cette nuit, dit le détective assis en face d'elle d'une voix posée.

— Elle doit prendre son médicament d'abord, insista Colt avant de se tourner vers Macie. Est-ce que tes cachets sont dans la salle de bains ?

Elle acquiesça.

— Je peux aller les chercher, dit-elle doucement.

— Je m'en charge. Qu'est-ce que je cherche ? demanda Truck.

Macie baissa les yeux sur ses genoux. Ce n'était pas ainsi qu'elle avait voulu que Truck découvre à quel point elle était perturbée. Il était fort et courageux et génial, et sa sœur folle serait la dernière chose dont il voudrait s'occuper. Il...

— Macie, dit Colt fermement, la faisant lever la tête pour le regarder. Où sont tes médicaments ?

— Dans le placard, à gauche des lavabos. J'ai besoin d'un cachet de Vistaril, lui dit-elle.

— Je reviens tout de suite, dit Truck.

— Je sais que c'est difficile, mais tu t'en sors très bien, dit Colt. Tiens bon juste un peu plus longtemps et nous t'emmènerons dans un endroit tranquille où tu pourras te détendre, d'accord ?

Macie acquiesça. Elle ignorait où cet endroit se trouvait, mais elle savait que Colt voulait qu'elle soit d'accord, donc elle le fut. Sa tête lui faisait mal et elle tremblait à cause de sa crise de panique. Et le pire était que son cauchemar n'était pas fini. Elle allait devoir parler de ce qu'il s'était passé et de ce qu'elle avait entendu. Puis, son frère Colt et la police partiraient et elle serait seule à nouveau, et les hommes avaient dit qu'ils reviendraient, et...

Cette fois, Colt enlaça simplement ses doigts autour des siens et la maintint fermement. Il semblait toujours savoir quand elle se perdait dans sa propre tête, quand elle s'inquiétait trop.

Truck revint quelques secondes plus tard, tenant un petit cachet à la main. Il lui tendit un verre d'eau et elle avala la pilule avec gratitude. Si elle avait un jour eu besoin de se sentir insensible, c'était ce jour-là.

— Prends ton temps, dit gentiment Colt. Quand tu seras prête, explique-nous en détail ce qu'il s'est passé cette nuit.

Souhaitant en finir, Macie n'hésita pas.

— Je n'arrivais pas à dormir donc j'étais en train de lire. J'ai entendu un bruit étrange, puis deux hommes en train de parler. Ils étaient discrets et si j'avais été en train de dormir, je ne les aurais pas entendus, mais comme j'étais éveillée, je l'ai fait.

Elle savait qu'elle ne s'exprimait pas très claire-ment, mais personne ne l'interrompit, ce pour quoi elle était reconnaissante.

— Que disaient-ils ? demanda le détective.

Les mains de Macie se resserrèrent involontaire-ment sur celles de Colt. Elle ne voulait pas répéter ce qu'ils avaient dit. Et si Colt pensait qu'elle était, d'une façon ou d'une autre, responsable pour ce qu'il s'était passé cette nuit-là ? Et si Ford décidait qu'elle avait trop de problèmes et qu'il ne voulait pas continuer à lui parler ?

— Respire, dit doucement Colt. Tu es en sécurité.

Ton frère et moi n'allons pas permettre qu'il t'arrive quoi que ce soit.

Elle leva les yeux vers lui et vit la sincérité dans ses yeux. Elle ignorait ce qu'un homme comme Colt faisait là avec elle. Elle était perturbée. *Sérieusement* perturbée. Mais elle était également assez faible pour s'en ficher à ce moment précis. Elle avait besoin de lui.

— Au début, ils se disputaient pour savoir si je pouvais les entendre ou non. Ils savaient que j'avais une pièce de sécurité. Ils allaient voir si j'étais au lit et si ce n'était pas le cas, le premier endroit où ils allaient me chercher était la pièce dans mon dressing.

— Vous avez une pièce de sécurité ? demanda le détective en se redressant sur sa chaise.

— En quelque sorte. Ce n'est pas *vraiment* une pièce de sécurité. C'est juste un endroit où j'aime aller quand j'ai besoin d'être dans l'obscurité totale. J'attrape des migraines et cela m'aide d'être dans un endroit où il n'y a pas de lumière, expliqua Macie.

Elle aurait pu continuer et dire à l'officier de police que parfois, c'était le seul endroit où elle se sentait en sécurité, qu'elle aimait s'y cacher quand son angoisse la submergeait, mais, toujours consciente de la manière dont les gens la percevaient, elle se tut.

— Est-ce que cet espace est grand ? demanda le détective.

— Pas du tout. Peut-être environ un mètre quatre-vingt de long sur quatre-vingt-dix centimètres de large.

J'ai juste fait installer un faux mur au fond de mon dressing, expliqua-t-elle.

— D'accord. Continuez. Que s'est-il passé ensuite ?

Macie prit une inspiration et poursuivit.

— Les hommes étaient venus chercher quelque chose. Ils ont dit que s'ils le trouvaient ce soir, ils obtiendraient un bonus de la part de la personne qui les a engagés, qui qu'elle soit.

Elle jeta un coup d'œil à son frère et le vit passer une main dans ses cheveux en signe d'agitation. Le simple fait de le voir aussi stressé fit monter son propre niveau d'angoisse.

Macie utilisa sa main libre pour se pincer le haut de la cuisse. Parfois, la légère douleur l'aidait à rester présente dans le moment et à ne pas paniquer complètement.

— Oui. Ils ont dit qu'ils étaient venus chercher quelque chose.

— Qu'est-ce qu'ils cherchaient ? l'interrompit le détective.

Macie savait que la question lui serait posée. Elle avait essayé de penser à ce que quelqu'un pouvait bien lui vouloir, mais rien ne lui était venu à l'esprit. Sachant qu'il était important que l'officier la croie, elle leva la tête et le regarda dans les yeux.

— Je ne sais pas. Je ne sais pas qui étaient les hommes qui sont entrés chez moi par effraction. Je ne sais pas ce qu'ils cherchaient. Je ne sais pas comment ils étaient au courant que j'avais une pièce de sécurité. Je ne sais pas pourquoi quelqu'un comme moi les intéresserait. Je ne suis personne. Je ne rencontre pas grand monde. Je travaille depuis chez moi. La plupart du temps, les seules personnes à qui je parle sont en ligne. Je ne comprends *rien* à tout cela.

Elle sentit Colt lui serrer la main. Puis, elle le sentit retirer son autre main de sa cuisse et frotter l'endroit qu'elle avait pincé. La façon dont il la *voyait* était presque troublante. Cela la mettait mal à l'aise, mais en même temps, c'était agréable.

— Comment es-tu sortie ? demanda Colt.

Elle tourna son regard vers lui. Elle préférait regarder ses yeux chaleureux et compatissants que le visage endurci du détective. Elle voyait bien que le policier ne la croyait pas. Qu'il pensait qu'elle cachait quelque chose. Si elle avait su ce que les hommes cherchaient, elle le leur aurait donné sans poser aucune question. La dernière chose qu'elle souhaitait, c'était que quelqu'un la pourchasse.

J'ai sauté par la fenêtre, dit-elle de manière détachée.

— Nom de Dieu, jura Truck.

Macie tressaillit face à ces mots durs de la part de son frère.

— Plus, Macie. Dis-nous en plus, dit fermement Colt.

Elle prit une grande inspiration et maintint son regard fixé sur Colt.

— Tu sais que j'ai besoin d'avoir une échappatoire. Je l'ai fait chez toi aussi.

Il hocha la tête.

— La première chose que tu as faite, ça a été de regarder par la fenêtre, de faire un test pour t'assurer que tu pouvais ouvrir celle de la chambre et chercher comment tu pourrais sortir de la maison.

— Exact. Car au cas où il y aurait un incendie ou un tremblement de terre, j'avais besoin de savoir où aller. Quoi faire.

— C'est sensé. Continue, l'incita Colt.

— Il y a un grand arbre juste devant ma fenêtre. J'ai choisi cet appartement pour cette raison. Il est assez près de ma chambre et il possède des branches assez épaisses pour que, si j'en avais besoin, je puisse sauter par la fenêtre et descendre.

— Est-ce là que tu t'es fait ça ? demanda Colt en passant légèrement ses doigts sur les égratignures situées sur ses jambes et ses bras.

Macie haussa les épaules.

— Certaines. Je me suis fait celles sur mes genoux en rampant dans le parking.

— Mace, dit Truck avant de s'agenouiller devant elle. Bon sang, je suis désolé. Mais... Il faut aussi que tu saches que... je suis tellement fier de toi, bordel.

Elle sourcilla. Fier d'elle ? Il était *fier* d'elle ?

— J'ai été lâche, lui dit-elle. J'avais tellement peur. Je n'ai même pas appelé la police. Ces types m'auraient attrapée si Colt et toi n'aviez pas été là.

Truck leva une main vers sa tête et repoussa ses cheveux de son visage.

— Tu n'es *pas* une lâche, la gronda-t-il. Tu as fait ce qu'il y avait à faire. Tu t'es sortie de cette situation. Crois-moi, c'est la chose la plus importante que tu aies pu faire.

— D'accord. Donc vous avez sauté par la fenêtre et êtes descendue de l'arbre. Puis, vous vous êtes cachée, pas vrai ? Et les hommes vous ont pourchassée ? demanda le détective, souhaitant de toute évidence faire avancer l'interrogatoire.

Truck la caressa une fois de plus puis se releva et s'appuya à nouveau contre le mur.

Macie s'éclaircit la gorge.

— Oui. Colt m'a dit de me cacher, alors je me suis mise sous une voiture, au fond du parking. Mais les hommes ont compris que c'était là que j'étais probablement dissimulée et ils ont commencé à m'y chercher. J'ai rampé pour sortir du dessous de la voiture qui me cachait et je suis allée dans un buisson. Je m'y suis accroupie jusqu'à ce que les hommes s'enfuient en entendant les sirènes.

— Est-ce qu'ils ont dit autre chose ? demanda le détective. Est-ce que vous pouvez nous donner quoi que ce soit qui nous aide à trouver ces types ?

Elle détestait l'impatience dans sa voix et souhaitait pouvoir lui dire exactement qui étaient ces hommes et pourquoi ils se trouvaient dans son appartement.

— Ils ont dit qu'ils reviendraient pour prendre ce qu'ils cherchaient.

— Il est hors de question que tu restes ici ce soir, ou dans un futur proche, dit Truck fermement. Tu peux venir à la maison et rester avec Mary et moi.

Macie secoua la tête avant même qu'il ne finisse sa phrase.

— Je ne peux pas rester chez vous. Vous venez de vous marier !

— Enfin, tu ne vas pas rester ici, répéta Truck. Mace, ils ont dit qu'ils reviendraient. Tu n'es pas en sécurité ici.

Elle le *savait*. C'était elle qui avait sauté par la fenêtre. C'était elle qui avait entendu l'un des hommes dire qu'il voulait lui faire du mal. C'était elle qui avait dû ramper dans le parking pour essayer de rester cachée.

Pour la première fois depuis longtemps, elle était furieuse. Envers la situation, envers Ford qui disait ce qu'elle savait déjà. Mais dès que l'émotion la traversa, elle la repoussa. La colère était ce qui avait fait fuir son frère il y a tant d'années.

— Elle peut rester chez moi, dit Colt, déviant avec succès l'attention de Macie.

— Quoi ? demanda-t-elle.

— C'est une bonne idée, dit le détective.

Macie regarda un homme puis l'autre, sans savoir quoi dire.

— Macie, regarde-moi, dit doucement Colt.

Elle se tourna vers lui.

— Qu'est-ce que *tu* veux faire ? Qu'est-ce que tu penses ?

— Je ne veux pas rester ici, lâcha-t-elle. L'un des types était déterminé à mettre la main sur moi, et pas d'une bonne façon, si vous voyez ce que je veux dire. Je ne veux pas aller chez mon frère, car Mary et lui viennent de se retrouver et je ne veux pas tout gâcher. Mais je ne veux pas non plus le mettre en colère en allant chez *toi*.

Sa voix devint à peine un murmure.

— La dernière fois que je me suis disputée avec lui, je ne l'ai pas revu pendant presque vingt ans.

Sur ces mots, Truck vint à nouveau à ses côtés.

— Mace... De quoi parles-tu ?

Macie se mordit la lèvre et ne parvint pas à le regarder. Au lieu de cela, elle fixa son épaule des yeux.

— Nous nous sommes disputés avant que tu ne partes à l'armée et tu étais tellement en colère contre moi que tu n'es jamais revenu à la maison. Tu ne m'as ni écrit ni parlé pendant des années. Je ne veux plus jamais faire quoi que ce soit qui te mette en colère.

— Mercedes Laughlin, dit Truck gentiment, mais sévèrement. Regarde-moi.

Elle ne voulait pas le faire. Elle ne voulait *vraiment* pas le faire. Elle pouvait déjà sentir sa réprobation. Sa respiration accéléra et elle se pinça la cuisse à nouveau, essayant de repousser une nouvelle crise de panique.

— Doucement, Truck, dit Colt.

— Macie, dit son frère d'une voix plus douce, se penchant en avant, mais sans la toucher. Nous nous sommes disputés le soir où je suis parti, mais j'étais déjà passé à autre chose le lendemain matin. Les frères et sœurs se chamaillent. Ça arrive. J'étais inquiet pour toi. Tu sais que je n'aimais pas ce type que tu voyais. Mais nous étions des adolescents. Et je t'ai écrit. Pendant des *années*. Mais comme je n'ai pas eu de réponse, j'ai pensé que tu étais encore en colère contre *moi*.

Macie leva la tête et fixa son frère du regard.

— Vraiment ?

— Oui, Mace. Je t'aime. Je t'ai toujours aimée et je t'aimerai toujours. Je t'ai même téléphoné. Plusieurs fois. À Noël. À ton anniversaire. Mais maman m'a toujours dit que tu ne voulais pas me parler, dit Truck.

— Je ne savais pas que tu avais appelé, dit-elle, choquée. Et je n'ai reçu aucune lettre.

Le visage de Truck devint alors dur.

— Putains de parents, dit-il entre ses dents.

— Ils ont dit que tu ne revenais jamais à la maison

à cause de *moi*. Parce que j'étais une horrible sœur. À cause du...

Elle se reprit et se tut au dernier moment.

— Du quoi ? demanda Truck.

Macie secoua la tête.

Truck soupira.

— J'étais inquiet pour toi à l'époque, et je le suis encore maintenant. Mais je ne suis pas en colère contre toi. Je viens de te retrouver ; *rien* ne m'empêchera de te parler. De mieux te connaître. Je t'aime, petite sœur.

— Mais tu ne veux pas que j'aille chez Colt. Pourquoi pas ?

Elle observa Ford prendre une grande inspiration. Il tourna son regard vers Colt, puis le reporta sur elle.

— Tu es ma sœur. Personne n'est assez bien pour toi. Je n'aime pas le fait de ne pas avoir su que vous... vous étiez rapprochés à mon mariage.

Refusant de regarder Colt, elle trouva, d'une manière ou d'une autre, le courage de demander :

— Ce n'est pas quelqu'un de bien ?

Elle sentit Colt lui serrer la main, mais il n'interrompit pas la conversation ni ne donna son avis d'une quelconque façon.

— C'est quelqu'un de génial, dit immédiatement Truck. Je lui confierais ma vie. Je ne doute pas un instant qu'il prendra bien soin de toi et s'assurera que tu es en sécurité. Mais tu es ma *sœur*. Et je n'aime pas l'idée que tu sois avec un homme, *quel qu'il soit*. Je n'aimais pas ça quand j'avais dix-huit ans et que tu sortais avec ce connard, et je n'aime toujours pas ça maintenant.

— Je suis sortie avec des hommes, lui dit Macie. D'ailleurs, je venais de rompre avec quelqu'un avant ton mariage.

— Ce n'est pas le problème... commença Truck.

— En fait, interrompit le détective. Je pense que c'est *important* et j'allais y venir. Qui est-ce ? Quel est son nom ? Est-ce qu'il pourrait avoir eu quelque chose à voir avec ce qu'il s'est passé cette nuit ?

Macie se retourna pour faire face à l'officier de police. Étonnamment, elle avait oublié qu'il était assis là, en train d'écouter. Son esprit était encore étourdi par tout ce que son frère lui avait dit.

— Oui, Mace. Qui est-ce ? demanda Truck en se levant à nouveau.

— Nous avons rompu il y a un moment.

Parler de Teddy était la dernière chose dont elle avait envie.

— Qu'est-ce qu'il t'a fait ? grogna Truck.

Macie secoua la tête. Elle ne voulait vraiment pas parler de Teddy, en particulier devant Colt et son frère.

— Rien.

— Chérie, dit Colt, ça va aller. Nous n'allons pas te juger. Nous avons besoin de savoir s'il avait quelque chose à voir avec tout ça.

Elle baissa les yeux sur ses jambes et éclata

presque de rire. Ne pas la juger ? Elle avait l'impression que toutes les personnes qu'elle rencontrait, chaque jour de sa vie, la jugeaient... et la considéraient comme insuffisante. Intellectuellement, elle savait qu'il s'agissait probablement de son angoisse lui jouant des tours, mais, et si ce n'était pas le cas ? Et si elle était vraiment une horrible personne ?

Elle se sentait quelque peu dans la lune après avoir pris le cachet de Vistaril, mais pas suffisamment pour vouloir parler de l'erreur gigantesque qu'elle avait commise en sortant avec Teddy.

Voyant que personne ne disait rien après une longue pause, elle soupira. Ils n'allaient pas lâcher l'affaire. Il valait mieux en finir.

— J'ai rencontré Teddy sur internet. Il semblait gentil. Nous avons commencé à sortir ensemble. Il est venu à la maison et a regardé des films avec moi quelques fois, mais je ne me suis jamais vraiment sentie à l'aise avec lui. Nous sommes allés déjeuner une fois, et j'ai eu une crise de panique. Il s'est senti mal à l'aise et il est parti.

— Il t'a *laissée* là-bas ? Alors que tu avais besoin de lui ? Quel connard, dit Colt.

Macie leva les yeux vers lui, surprise. La main de Colt se resserra sur la sienne et il était évident qu'il était bouleversé pour elle.

— Il est venu chez moi plus tard ce soir-là, mais je ne voulais pas le laisser entrer. J'ai rompu avec lui. Il était contrarié, mais il est parti sans protester. Je n'ai pas eu de nouvelles de lui depuis.

— Quel était son nom de famille ? demanda le détective.

— Dorentes, dit Macie.

— Theodore Dorentes ?

— Oui.

Le détective émit un sifflement long et bas.

— Quoi ? demanda Truck. Vous le connaissez ?

— Oui, vous pouvez le dire, dit sèchement le détective. Recel, recel avec intention de vente, voie de fait, larcin et trouble à l'ordre public... pour commencer.

Macie prit une inspiration.

— Sérieusement ?

— Sérieusement, confirma le détective.

Macie se tourna vers Colt.

— Je ne le savais pas. Je le jure, je ne le savais pas.

Puis, elle se tourna vers son frère.

— Vraiment !

— Chuuuut, nous savons que tu ne le savais pas, la rassura Colt.

— Bien, alors je pense que nous savons qui a ordonné qu'on entre par effraction chez elle, dit sèchement le détective. La question est, pourquoi ? Que cherchait-il ?

Les trois hommes se tournèrent vers Macie.

Elle déglutit et haussa les épaules.

— Il n'est venu ici que quelques fois.

— De toute évidence, il a caché quelque chose quelque part.

Macie sentit sa poitrine se serrer et ses doigts commencèrent à fourmiller de nouveau. Elle regarda autour d'elle et ne vit rien qui semble avoir été déplacé.

— Quoi ? Où ? Je n'ai rien vu.

— Il l'a probablement caché pour que vous ne le trouviez *pas*. Pensant qu'il le récupérerait la prochaine fois qu'il viendra, mais ensuite, vous avez rompu avec lui, songea le détective.

— Il y a de la drogue dans mon appartement ? hurla-t-elle presque.

Tu parles d'un médicament antistress.

— Pourquoi attendrait-il aussi longtemps pour revenir ? demanda Truck.

Le détective haussa les épaules.

— Aucune idée. Peut-être que cela n'avait pas d'importance jusqu'à maintenant. Cela a du sens qu'il soit au courant pour sa pièce de sécurité. Je suppose que vous lui en avez parlé ? demanda-t-il a Macie.

— Non ! Nous ne sortions pas ensemble depuis longtemps, dit-elle avec insistance. Mais...

Elle laissa sa phrase en suspens.

— Mais, quoi ? demanda Colt.

Macie soupira.

— Un jour, alors qu'il était à l'appartement, je me suis levée pour aller nous chercher quelque chose à boire et Teddy a dit qu'il avait besoin d'aller aux toilettes. Il est parti très longtemps et je me suis juste dit qu'il avait... vous savez... des problèmes d'estomac. Je ne voulais pas le mettre mal à l'aise, alors je n'ai rien dit.

— Il était probablement en train de fouiner pour trouver un endroit où cacher ce qu'il voulait cacher. Je suppose qu'un autre dealer lui mettait la pression et qu'il était désespéré, dit le détective. Et quand Macie a rompu avec lui, il n'a pas eu l'occasion de retourner dans sa chambre pour récupérer son truc.

Macie frissonna en pensant à Teddy en train de fouiner dans son appartement et trouver sa pièce de sécurité. Elle n'était pas sûre de se sentir à nouveau en sécurité un jour.

— Je pense que nous en avons fini, ici, dit Colt. Macie est presque au bout du rouleau. Truck, est-ce que tu peux conduire sa voiture à Killeen. Je peux l'amener avec moi.

Truck regarda son officier commandant une seconde et Macie pensa qu'ils allaient commencer à se disputer, mais il finit par lui adresser un hochement de tête rapide.

— Tu n'as pas à t'inquiéter de quoi que ce soit, lui dit Colt. Il ne va rien arriver à ta sœur.

— Il ne vaudrait mieux pas, dit Truck entre ses dents. Puis, il s'agenouilla à nouveau à côté de Macie. Il posa une main sur sa cuisse et son poids et sa chaleur furent agréables sur sa peau froide. — Merci de m'avoir appelé ce soir, Mace. Je suis content que tu ailles bien.

— Merci d'être venu, dit-elle.

— Je serai là chaque fois que tu auras besoin de moi, répondit-il. Et je sais que ça sera impossible, mais je te le demande quand même : oublie *tout* ce que nos parents t'ont dit à propos de moi et de ce qu'il s'est passé à cette époque. Rien de toutes ces conneries n'est vrai. Ce sont d'horribles êtres humains et je déteste le fait de ne pas avoir essayé davantage de rester en contact avec toi. Ma seule excuse, c'est que j'étais jeune et bête et que je ne voulais plus rien avoir affaire avec eux. J'ai honte d'avoir pu penser même une seule seconde que tu pourrais avoir eu une bonne raison pour ne pas vouloir me parler. Je ne devrais pas avoir laissé mes sentiments envers eux interférer avec notre relation. Et pour ça, j'aurai toujours honte de moi.

Les yeux de Macie se remplirent de larmes. Il avait raison, il était impossible de repousser les années de paroles blessantes dont ses parents l'avaient accablée. Mais elle détestait le fait qu'il se sente responsable de ce qu'il s'était passé.

— J'aurais dû aller te voir quand tu as été blessé.

Ses yeux se portèrent sur l'horrible cicatrice que son frère avait au visage.

— Je ne pensais pas que tu voudrais me voir. Mais il faut que tu saches que j'ai rompu le contact avec maman et papa quand ils sont revenus après t'avoir rendu visite. Ils ont dit des choses vraiment horribles et même si cela a été la chose la plus difficile que j'ai jamais faite, je leur ai dit qu'ils n'étaient plus rien pour moi. Je ne leur ai pas parlé depuis.

Les yeux de Truck se fermèrent une seconde avant qu'il ne hoche la tête. Il se leva et embrassa le sommet de la tête de Macie.

— J'emmènerai Mary te voir demain.

— Je ne suis pas sûr... commença Colt, mais Truck l'interrompit.

— Demain, répéta-t-il fermement.

Macie regarda Colt puis, son frère, puis Colt à nouveau. Il finit par acquiescer.

— Je vais appeler Ghost et je vais lui dire de passer me chercher chez toi une fois que j'aurai déposé la voiture de Macie, dit Truck, puis il se retourna et se dirigea vers la porte d'entrée de l'appartement.

— Une fois que nous aurons fouillé votre pièce de sécurité, mes gars auront pratiquement fini leurs recherches, dit le détective en se levant également. Je pense qu'il va sans dire que si vous trouvez quoi que ce soit qui ne devrait pas être là, n'y touchez pas et *appelez*-moi.

Macie était en train d'acquiescer lorsque Colt dit :

— Nous le ferons. Merci.

Colt baissa les yeux vers elle.

— Tu es prête à aller faire ton sac ? Je veux jeter un

œil à ces égratignures aussi. Les nettoyer avant que nous ne sortions d'ici.

Macie déglutit difficilement et prit une grande inspiration. Sa tête lui faisait mal et ses doigts fourmillaient encore, mais l'idée d'aller chez Colt la réconfortait. Elle se leva et chancela sur ses pieds. Elle serra la couverture qu'elle avait passée autour de ses épaules lorsqu'elle s'était assise pour parler au détective et ferma les yeux.

— Doucement, Mace.

La soulevant, étant donné qu'elle n'était pas plus lourde qu'une enfant, Colt se dirigea vers le couloir qui menait à sa chambre.

Au lieu de se demander s'il allait la faire tomber ou non et où elle devrait poser ses mains, Macie posa sa tête sur son épaule et garda les yeux fermés.

Cela faisait longtemps, une éternité peut-être, qu'elle ne s'était pas sentie aussi calme qu'à ce moment-là. Une partie de cela était due aux médicaments qu'elle avait pris plus tôt, mais la majeure partie venait de Colt. Il y avait quelque chose chez lui qui lui donnait l'impression d'avoir davantage les pieds sur terre.

CHAPITRE TROIS

Colt fit de son mieux pour contrôler sa colère. Il était sacrément furieux, putain. Lorsqu'il mettrait la main sur ce Teddy, celui-ci regretterait de ne pas s'être éloigné de Macie. La voir recroquevillée sur la chaise et craindre que Truck parte et ne lui parle plus lui donnait envie de frapper quelque chose.

Il ne connaissait pas ses parents, mais il les détestait quand même.

Il savait qu'il devait contrôler ses émotions, sans quoi il rendrait Macie encore plus inquiète qu'elle ne l'était déjà. Il avait parlé à sa tante des problèmes d'angoisse de son cousin. Il y avait beaucoup de choses qu'il ne comprenait pas, mais il savait que ce n'était pas quelque chose que Macie pouvait contrôler. Elle se préoccuperait constamment pour tout et n'importe quoi.

Mais la rassurer quand elle en avait besoin ne le dérangeait pas. L'angoisse n'était pas un problème de taille pour lui. Du peu qu'il connaissait d'elle, c'était une personne fantastique. Il avait jeté un œil à certains des sites web qu'elle avait conçus. Elle était créative et généreuse, et il ferait son possible pour la protéger de tout ce qui pourrait la bouleverser à l'avenir.

Lorsqu'il avait commencé à penser à une relation à long terme, Colt ignorait ce qu'il se passerait, mais il n'était pas non plus stressé par cela. Il s'était connecté avec Macie lorsqu'elle était venue chez lui après le mariage de Truck et Mary. Il avait pensé qu'il aurait eu le temps de lui offrir un petit-déjeuner et de lui demander son numéro de téléphone pour qu'ils puissent continuer à se connaître. À un moment ou à un autre, il allait devoir lui demander pourquoi elle était partie comme elle l'avait fait... mais ce n'était pas le bon moment.

Il assit doucement Macie sur le comptoir de la salle de bains. Il se pencha près d'elle et plaça ses mains sur le carrelage froid, à côté de ses hanches, et attendit qu'elle ouvre les paupières. Il lui fallut un moment, mais quand elle finit par lever ses beaux yeux marron vers lui, il n'était pas prêt pour la décharge électrique qu'il ressentit.

Levant une main vers sa joue, il fut encouragé lorsqu'elle inclina la tête et la posa sur sa main.

— Ça va ? demanda-t-il doucement.

Elle acquiesça et dit :

— Non.

Il sourit face à cette contradiction. Mais il avait la sensation qu'elle était complètement honnête.

— Où sont tes affaires de premiers secours ?

Elle leva la tête et désigna le placard derrière lui.

Colt s'affaira à préparer les pansements et l'eau oxygénée. Lorsqu'il se retourna à nouveau, il dut prendre une grande inspiration. Il avait intentionnellement détourné son attention du fait qu'elle portait uniquement un débardeur et un mini-short. Mais elle avait laissé tomber la couverture et il ne put empêcher son regard de glisser de ses pieds le long de ses jambes jusqu'à ses cuisses rondes. Son ventre n'était pas plat, mais elle n'était pas en surpoids non plus. Et ses seins étaient voluptueux et ronds. Alors même qu'il la fixait du regard, il vit que ses tétons durcissaient sous le coton.

Il leva enfin les yeux et vit qu'elle l'examinait tout aussi ouvertement. Une fois que son regard eut parcouru tout son corps, il dit finalement :

— Nous devrions te laver pour pouvoir partir d'ici.

Elle rougit lorsqu'elle leva les yeux vers lui, mais acquiesça.

Chassant ses pensées lubriques – mais touché qu'elle semble avoir tout aussi envie de le regarder que lui –, Colt se concentra sur le nettoyage des égratignures sur son corps. Il reposa la bouteille sur le comptoir et prit une de ses mains. La paume était égratignée et il détestait savoir que cela était dû au fait qu'elle avait sauté de sa satanée fenêtre jusque dans un arbre. Il détestait chaque bleu et chaque marque sur sa peau douce. Tout au long de ses soins, elle ne pleura pas et n'émit pas un seul son. Il savait qu'il devait être en train de lui faire mal, mais elle était stoïque tandis qu'il s'occupait de ses blessures.

Lorsqu'il fut enfin satisfait d'avoir nettoyé ses pires égratignures, il l'aida à se lever et enroula à nouveau la couverture autour de ses épaules.

— Tu as besoin d'aide pour faire ton sac ?

Elle réfléchit à son offre une seconde puis secoua la tête.

— Combien de temps est-ce que je vais rester chez toi ?

« Pour toujours » était sur le bout de sa langue, mais il retint ces paroles, sachant que cela l'angoisserait... et que c'était fou.

— Au moins deux jours. Il faut que nous donnions au détective le temps de trouver Teddy et de découvrir ce qu'il se passe. La police augmentera le nombre de patrouilles dans la zone, mais ils ne peuvent pas être là chaque minute. Ces connards qui sont venus ce soir reviendront probablement et je ne veux pas que tu sois dans les parages quand cela arrivera.

— D'accord, dit-elle d'une voix quelque peu creuse.

Le ton de sa voix n'inquiéta pas vraiment Colt ; il avait l'impression que la pilule qu'elle avait prise plus tôt faisait enfin effet. Elle se dirigea vers la porte de la salle de bains, puis se retourna.

— Euh... pendant que je me change et que je rassemble quelques affaires, est-ce que tu pourrais me rendre un service ?

— Tout ce que tu voudras.

Cela la fit sourire.

— Et si je demandais quelque chose de fou ? rétorqua-t-elle en inclinant la tête.

— Je ferai mon possible pour faire ce dont tu as besoin, lui dit Colt.

Elle secoua la tête et courba légèrement les lèvres. Il adorait la faire sourire après tout ce qu'elle avait traversé.

— De quoi est-ce que tu as besoin, chérie ?

— Dans ma pièce de sécurité, il y a une boîte. Pourrais-tu aller la chercher pour moi ? J'aimerais l'emmener, si ce n'est pas un problème.

— Bien sûr que non. Puis-je te demander ce qu'il y a dedans ?

Il avait l'intention de jeter un œil à sa pièce de sécurité de toute façon. Il savait que les flics l'avaient fouillée à la recherche de ce que Teddy aurait pu y cacher, mais il voulait y jeter un œil lui-même.

— Ce n'est rien de valeur ou d'illégal, dit-elle. C'est juste une boîte à chaussure de souvenirs. Des affaires qui datent de quand j'étais plus jeune, de l'université et tout ça.

Elle haussa les épaules.

— Ce n'est pas très important, mais je préférerais qu'elle ne soit pas détruite si ces types revenaient.

Colt était curieux à l'idée de savoir quels souvenirs avaient autant d'importance à ses yeux, mais il ne voulut pas insister.

— Autre chose ?

— Est-ce que je peux apporter mon ordinateur ? Et mes dossiers professionnels ? Oh, et il y a une boîte de CD et mes écouteurs dans l'autre pièce ; j'adorerais les emmener si possible.

Le sourire de Colt s'élargit à présent.

— Pas de problème. Quoi d'autre ?

En réalité, il espérait qu'elle continue la liste de ses biens les plus précieux, car plus elle apporterait de choses chez lui, plus elle se sentirait à l'aise. Et plus elle serait à l'aise, moins elle serait susceptible de revenir à *cet* endroit. En ce qui le concernait, elle pouvait déménager tout son foutu appartement. Il avait toute la place nécessaire pour ses affaires. Pour elle.

— Hmm...

Elle jeta un œil dans la salle de bains puis se retourna vers lui.

— Je ne suis pas sûre.

Colt s'avança vers Macie et posa ses mains sur ses épaules.

— Tu peux prendre tout ce que tu veux avec toi, il n'y a pas de problème. S'il n'y a pas de place dans ma Wrangler, nous pouvons revenir demain.

— Pourquoi es-tu aussi gentil avec moi ? demanda Macie, la confusion lui faisant froncer les sourcils.

— Car tu me plais, Macie Laughlin. Tu n'as rien fait pour que tout cela t'arrive cette nuit. Je veux m'assurer que tu es aussi à l'aise que possible chez moi. Je sais que ce sera angoissant pour toi et je veux atténuer cela autant que je le peux.

— Oh.

Il voyait bien qu'elle était encore incertaine. Il ajouta donc :

— Et parce que tu es la sœur de Truck. Et tous les hommes sous mes ordres sont comme des frères pour moi.

Elle acquiesça, comme si cette réponse avait plus de sens que le fait qu'elle lui plaise.

— Va faire ton sac, ordonna-t-il gentiment, la retournant pour qu'elle soit face à la chambre. Je vais aller chercher la boîte dans ta pièce de sécurité, que j'ai hâte de voir, d'ailleurs. Ensuite, j'irai chercher ton ordinateur et tes CD. Change-toi et appelle-moi quand tu auras terminé. Je reviendrai chercher ta valise pour que tu ne te fasses pas davantage mal aux mains. D'accord ?

— Je peux porter ma propre valise, protesta-t-elle.

— Chérie, j'ai dit que je m'en chargeais. Il y aura tout un tas d'occasions à l'avenir où je te laisserai porter tes propres affaires, mais ce soir n'en est pas une. Compris ?

Elle l'examina, mais finit par acquiescer.

— Est-ce que je peux poser une autre question ?

— Bien entendu.

— Pourquoi étais-tu réveillé et avec mon frère quand j'ai téléphoné ? Est-ce que j'ai interrompu quelque chose d'important ?

Il avait eu l'impression que cela l'inquiétait.

— Mes deux équipes de soldats viennent de revenir de mission, ce soir. Nous étions en train de faire le compte-rendu.

Ses yeux s'écarquillèrent d'horreur.

— Je vous ai interrompus pendant que vous travailliez ?

Colt n'aurait pas pu s'en empêcher même si quelqu'un avait pointé une arme sur sa tête. Il se baissa et effleura ses lèvres des siennes dans une douce caresse. Il posa son front contre le sien et enlaça ses doigts dans le bas de son dos. Il sentit son cœur tressauter quand les mains de Macie atterrirent sur son torse, mais elle ne le repoussa pas.

— Tu n'as rien interrompu, lui dit-il. Nous avions presque fini. Mais même si cela n'avait pas été le cas, tu es plus importante que le travail. Je me fiche de l'heure qu'il est ou de ce que je fais, si tu as besoin de quelque chose, tu appelles. Compris ?

Elle ne répondit pas pendant un long moment, et Colt leva la tête pour la regarder.

— Compris ? répéta-t-il.

— Je ne peux pas le promettre. Je veux dire, tu me connais. Je vais me demander si je t'interromps, ou si tu seras agacé, ou que ton *chef* sera agacé. Et si tu vas penser que je suis stupide ou faible.

— Macie, je ne vais pas...

Elle l'interrompit.

— Alors je ne peux pas te promettre que j'appellerai *toujours*, mais s'il s'agit d'une véritable urgence, comme c'était le cas ce soir, je t'appellerai.

Colt avait envie de protester. Mais il était important qu'elle lui dise ce qu'elle ressentait. Ce que son angoisse lui faisait ressentir.

— D'accord, chérie. Mais est-ce que ça t'ennuierait si je t'appelai, *toi*, si j'avais besoin de quelque chose ?

— Tu veux m'appeler ?

— Oui, Mace. Il se peut que j'aie besoin d'aide, parfois. Mais, comme toi, je ne veux pas t'interrompre si tu travailles ou que tu es en train de faire quelque chose d'important.

— Tu peux m'appeler, dit-elle doucement. Je ne pense pas que je fasse quoi que ce soit d'aussi important que toi.

— Je suis sûr que les auteurs et les autres

personnes pour qui tu travailles ne seraient pas d'accord avec toi. J'ai vu quelques-uns des sites web que tu as conçus. Cela n'a pas pu être facile, et je sais que tu les mets à jour aussi. Je *sais* que ça peut devenir de la folie, étant donné la vitesse à laquelle certains auteurs écrivent.

Cela lui fit gagner un autre petit sourire.

S'obligeant à faire un pas en arrière, il désigna la chambre.

— Ne porte pas ta valise toute seule. Je serai de retour dans un moment. D'accord ?

— D'accord. Colt ?

Il sourit.

— Oui ?

— Merci. J'ai vraiment eu peur cette nuit.

— Je suis content d'avoir été là, répondit simplement Colt, puis il se força à se retourner et à la laisser se changer et faire son sac.

S'il restait debout là trop longtemps, il était impossible de prévoir ce qui sortirait de sa bouche. C'était un soldat expérimenté. Il avait vu et fait plus d'horreurs au cours de sa vie que quiconque devrait avoir à le faire. Il n'était pas fier de certaines de ses actions passées, mais il ne pouvait pas changer ce qu'il avait fait.

Mais c'était l'idée d'arriver et de trouver Macie morte qui le hantait plus que n'importe quel carnage qu'il avait traversé.

Il la laissa dans la salle de bains, en train de rassembler ses affaires de toilette, et s'arrêta rapidement dans son dressing pour prendre la boîte à chaussure qu'elle avait mentionnée. Sa pièce de sécurité n'était rien de plus que ce qu'elle avait dit : un petit espace calme avec un sac de couchage enroulé dans un coin. Il trouva la boîte qu'elle voulait et se dirigea vers le salon.

Tandis qu'il commençait à rassembler les CD étalés autour de son ordinateur portable, sur son bureau, dans la pièce principale de l'appartement, l'esprit de Colt fourmillait d'idées. Il voulait que sa maison soit un endroit sûr pour Macie. Il voulait qu'elle soit détendue et faire tout ce qu'il fallait pour minimiser son angoisse le temps qu'elle y serait. Plus elle se sentirait en sécurité, plus elle serait à l'aise. Et plus elle serait à l'aise, avec un peu de chance, plus elle serait réceptive à l'idée de sortir avec lui à long terme.

Il ne savait pas ce qu'il avait fait la nuit du mariage de Truck pour la faire fuir, en particulier alors que les choses avaient semblé si bien aller, mais à présent, il avait une seconde chance, et il n'allait pas la gâcher.

CHAPITRE QUATRE

Macie essuya nerveusement ses mains sur son jean tandis qu'elle attendait que Mary et les autres arrivent. Elle n'avait pas vu la femme de son frère depuis le jour de leur mariage et même si elle appréciait l'autre femme, celle-ci avait tendance à être extrêmement directe. D'une certaine manière, c'était rafraîchissant. Macie n'avait jamais à se demander ce que Mary pensait. Mais d'un autre côté, elle était terrifiée à l'idée de faire quelque chose qui irriterait sa belle-sœur et qui la mènerait à ne plus l'apprécier.

Colt avait reporté cette visite pendant presque une semaine, ce pour quoi Macie était reconnaissante. Elle avait vu Truck plusieurs fois ; il était venu chez son commandant pour s'assurer qu'elle allait bien. Il était également retourné chez elle pour prendre quelques vêtements et affaires pour elle.

Elle avait à peine quitté la maison de Colt au cours de la semaine, mais cela lui convenait très bien. Il allait travailler chaque matin, mais revenait chez lui pour le déjeuner pour s'assurer qu'elle allait bien et rentrait à la maison à quinze heures trente tous les après-midis. Il lui avait expliqué que, étant donné que les hommes sous ses ordres venaient de revenir d'une mission intense de deux semaines et qu'il avait surveillé leurs mouvements presque vingt-quatre heures sur vingt-quatre et sept jours sur sept, il avait une certaine flexibilité quant aux heures qu'il devait passer au bureau.

Elle n'aimait pas entendre parler de la mission de son frère. Non pas que Colt lui en ait vraiment dit beaucoup, mais le simple fait de savoir qu'il était allé à l'étranger faire quelque chose de dangereux était plus que suffisant pour qu'elle s'inquiète.

La vue depuis la table qu'elle utilisait chez Colt était tout aussi agréable que celle de son propre appartement. Elle était assise à la table de la salle à manger, qui donnait sur un petit parc du quartier. Macie avait toujours voulu avoir des enfants. Toujours. Mais auparavant, elle avait gardé ses distances face à eux, car c'était trop douloureux. En ce moment, cependant, elle se surprenait à fixer les enfants du regard dans l'aire de jeu pendant des heures. Ils semblaient si insouciants. Tellement heureux. Elle ne se souvenait pas d'avoir un jour au cours de sa vie été vraiment aussi détendue. Peut-être avant que Ford ne parte à l'armée.

Penser au départ de son frère, et à ce qu'il s'était passé ensuite, réveilla son angoisse. Elle ignorait comment il pouvait encore tenir à elle alors qu'elle n'avait pas répondu à ses lettres. Elle n'avait pas su qu'il les avait envoyées, mais quand même. Cela faisait déjà longtemps qu'elle n'avait pas parlé à ses parents, mais elle se fit la promesse mentale de ne jamais les revoir. Elle ne leur pardonnerait jamais. Et pas seulement parce qu'ils avaient intentionnellement maintenu Ford en dehors de sa vie.

Quelqu'un sonna à la porte et Macie sursauta. En regardant l'horloge, elle vit qu'il était quinze heures. S'obligeant à se lever, elle se dirigea vers la porte d'entrée. Elle regarda à travers le judas, vit qu'il s'agissait de Mary et des autres et prit une grande inspiration. Colt n'était pas là — il avait dit qu'il rentrerait aussi vite que possible — elle était donc seule. Le cœur de Macie accéléra ; elle croisa les bras et se pinça les biceps, essayant de maintenir son angoisse sous contrôle. C'était sa belle-sœur. Tout allait bien.

— Mace ! dit joyeusement Mary dès que la porte fut ouverte. Il était temps !

Macie ouvrit davantage la porte pour laisser Mary et les autres entrer. Elle les reconnut, mais Mary se mit à les présenter quand même.

— Je suis sûre que tu te souviens de ma meilleure amie, Rayne. Derrière elle, c'est Emily et sa fille, Annie, et Casey. Les autres voulaient venir aussi, mais elles étaient occupées. Il faudra qu'on organise une autre petite fête avec elles bientôt.

Macie leur sourit à toutes et ferma la porte derrière elles une fois qu'elles furent toutes à l'intérieur. Elle fit signe en direction du salon et se mordit la lèvre en les suivant. Elle n'avait rien préparé à manger. Elle aurait probablement dû le faire. En particulier pour Annie. Les enfants avaient toujours faim, n'est-ce pas ? Elle aurait dû faire des cookies. Ça aurait été facile.

Et merde. Ses affaires étaient étalées sur toute la table de la salle à manger. Elle avait l'habitude qu'il n'y ait que Colt et elle, et il lui avait dit de laisser son ordinateur sur la table ; ils avaient mangé dans le salon, sur le canapé, en regardant la télévision.

Macie était en chemin pour avoir une bonne crise de panique quand elle sentit une petite main se glisser dans la sienne. Baissant les yeux, elle vit Annie en train de la regarder avec un grand sourire. Ses cheveux étaient en bataille autour de sa tête, mais la petite fille ne semblait ni s'en rendre compte ni s'en soucier. Elle portait un jean taché de boue au niveau des genoux et un tee-shirt rose couvert de paillettes blanches. Plissant les yeux, elle vit qu'il était écrit : « J'aime les paillettes ».

Annie la vit regarder et sourit.

— Tu aimes mon tee-shirt ?

— Il est mignon, lui dit Macie.

Le nez d'Annie se plissa et elle dit :

— Regarde ce que je peux faire !

Et à ces mots, elle passa sa main libre sur sa poitrine et les paillettes changèrent de direction et de couleur. À présent, il était écrit : « Mais la boue est cool aussi ».

Macie sourit.

— C'est drôle.

— J'aimerais que la partie sur la boue apparaisse tout le temps, dit Annie en faisant la moue.

— Annie, qu'est-ce qu'on a dit ? la réprimanda doucement Emily.

La petite fille regarda sa mère.

— Que je devrais juste dire merci quand les gens me font un compliment ! Mais Macie est mon amie, je peux lui raconter des secrets.

Macie regarda Annie avec surprise.

— Je ne t'ai rencontrée qu'une fois. Au mariage.

Annie la regarda avec de grands yeux bleus et dit :

— Mais tu es la sœur de Truck. Et c'est mon oncle préféré. Et mon frère a le même nom que lui. Alors ça veut dire que tu es ma tante. Et par conséquent, nous sommes amies.

Les larmes montèrent aux yeux de Macie et elle dut détourner le regard de la petite fille avant de complètement perdre le contrôle d'elle-même. Pour la millionième fois de sa vie, elle regretta d'être aussi faible. Elle regretta d'avoir laissé ses parents la contraindre à prendre la pire décision de sa vie.

— Par conséquent ? demanda Macie en riant.

— Elle lit beaucoup dernièrement, dit Emily. C'est son nouveau mot préféré.

— Je suis ravie que nous soyons amies, dit Macie à Annie.

— Moi aussi, dit joyeusement Annie.

Cela faisait longtemps que Macie ne s'était pas sentie acceptée aussi volontiers et sans condition. Annie était capable de la faire se sentir à l'aise d'une manière qu'elle ressentait rarement avec les autres personnes… y compris les enfants.

— Où est ton frère ? demanda-t-elle à la petite fille.

— Papa et lui sont en train d'avoir un moment privilégié entre hommes et je n'ai pas été invitée, dit Annie en faisant la moue.

Macie regarda Emily.

L'autre femme rit et expliqua :

— J'avais besoin d'une pause. Ethan ne dort pas beaucoup. Alors Fletch l'a emmené au bureau cet après-midi.

— Je voulais aller au bureau aussi, dit Annie d'un air abattu. Je voulais un moment privilégié entre hommes aussi.

Puis elle se redressa.

— Mais j'avais aussi envie de venir te voir. Alors me voilà !

Macie serra la main d'Annie.

— Je suis ravie.

— Je ne suis jamais venue chez le commandant, dit Casey d'un air songeur.

— Moi non plus, dit Rayne. Et c'est moi qui le connais depuis le plus longtemps.

— C'est agréable, remarqua Mary. Je me sens à l'aise.

— Pourquoi sembles-tu étonnée ? demanda Emily.

Mary haussa les épaules.

— Je ne sais pas. Je veux dire, je suppose que c'est parce qu'il s'agit du commandant. Il a toujours l'air tellement austère. Tellement froid.

— Il n'est pas froid, dit Macie, surprise que quiconque puisse penser que Colt soit austère. Il est fantastique. Patient et gentil. Il ne ferait jamais de mal à une mouche.

Elle regretta ses paroles lorsque trois paires d'yeux la regardèrent avec surprise.

— Quoi ? Il n'est *pas* gentil ? demanda-t-elle doucement.

— Annie, tu veux aller jouer ? demanda Emily. Il y a une aire de jeu de l'autre côté de la rue.

— Oui ! cria la petite fille avant de prendre un air sérieux. Mais ne parlez de rien d'important. Je ne veux rien rater.

Emily se força à sourire et serra à nouveau la main de Macie.

— Pas de problème.

— Reste sur l'aire de jeu. Je te regarderai d'ici. Si tu t'éloignes, tu seras privée de course d'obstacles pendant un mois.

Cela attira l'attention d'Annie et elle lâcha la main de Macie tandis qu'elle saluait sa mère.

— Je ne le ferai pas, Maman. Promis. Salut !

Et sur ces mots, elle se rua par la porte d'entrée et disparut. Elles la regardèrent toutes tandis que, quelques secondes plus tard, elle courut vers l'aire de jeu et commença immédiatement à jouer avec un groupe de garçons.

— Elle est bien trop accro à la course d'obstacles, dit Mary ironiquement.

— Je sais, mais c'est une punition efficace de l'en priver, alors je ne me plains pas, dit Emily en souriant.

— La course d'obstacles ? demanda Macie.

— Les garçons ont un parcours qu'ils utilisent parfois au travail pour s'entraîner. Fletch y a emmené Annie un jour et il n'en a pas fallu plus. Elle ne voulait rien faire d'autre. Et elle est douée, en plus. Elle est rapide.

Macie avait rencontré Fletch et l'autre homme avec qui Ford travaillait au mariage. Elle adorait comme ils étaient protecteurs et affectueux envers leurs femmes. Cela faisait partie de la raison pour laquelle elle avait eu une telle crise de panique à la réception. Elle voulait la même chose. Et elle savait qu'elle était trop endommagée pour avoir un jour un homme comme cela. Un homme qui pourrait supporter ses insécurités et son angoisse à long terme.

— Asseyons-nous, dit Rayne en désignant les canapés.

Macie savait qu'elle devrait offrir quelque chose à boire à tout le monde, mais elle ne se souvenait pas de ce qu'il y avait dans le réfrigérateur de Colt. Que se passerait-il si elle proposait du cola ou du jus et qu'il n'en avait pas ? Devrait-elle leur proposer de regarder s'il avait de la bière ou du vin ? Elle se sentait débordée, elle resta donc silencieuse et suivit les autres dans le salon pour s'asseoir.

Personne ne dit quoi que ce soit pendant un moment et l'angoisse de Macie atteint des sommets. Elle devrait dire quelque chose. Faire aller la conversation... mais que devrait-elle dire ? Elle ne faisait pas partie de la vie de ces femmes, même si Ford *était* son frère.

— Qu'est-ce que tu sais de Colt ? demanda Mary, toujours aussi directe.

Macie sourcilla.

— Euh... c'est le commandant de mon frère. Il dirige aussi un autre groupe de soldats. Il gère les choses d'ici lorsqu'ils partent en mission.

Dit à haute voix, cela semblait ridicule. Mais

personne ne sembla penser que son explication était étrange ou stupide.

— Effectivement, dit Mary. Mais sais-tu pourquoi il a été désigné pour être leur commandant ?

Macie secoua la tête.

— Parce qu'il était qualifié ?

Mary gloussa.

— On pourrait dire ça. Écoute, nous apprécions toutes le commandant. C'est un homme incroyable et il a maintenu nos maris en sécurité un nombre incalculable de fois. Mais... Il n'est pas vraiment... Quel mot est-ce que tu as utilisé... gentil ?

Macie fixa sa belle-sœur du regard.

— Si, il l'est, riposta-t-elle.

Mary secoua la tête.

— J'essaie juste de te mettre en garde. Il a la réputation d'être l'un des officiers en poste les plus durs. Il n'aime pas les excuses ni quand ses soldats sont en retard, et j'ai entendu dire que lorsqu'il était à un autre poste, il avait refusé qu'un soldat prenne une permission quand son bébé est né. J'ai aussi entendu une fois que...

— Non, dit fermement Macie.

— Non, quoi ? demanda Mary.

— J'apprécie que tu essaies de faire attention à moi, mais ce n'est pas la peine, dit Macie, essayant d'avoir l'air ferme.

Elle savait que Mary avait tendance à dire tout ce

qu'elle pensait, mais elle ne voulait pas entendre de ragots à propos de Colt.

La voix de Mary s'adoucit.

— Je n'essaie pas d'être une garce, je le jure. Je pense juste que tu dois le savoir pour ne pas avoir d'attentes qui pourraient ne jamais être satisfaites. Le commandant était un soldat de la Delta Force lui-même, Macie. En fait, il a quitté les équipes après un incident où l'un de ses coéquipiers a été capturé. J'ai entendu Truck en parler un soir au téléphone avec Blade. Il a dit que le commandant était devenu fou. Qu'il avait tué quarante-deux hommes ce jour-là.

— Est-ce que tu as déjà été tellement préoccupée par quelque chose que tu ne pouvais plus respirer ? demanda Macie à Mary sans crier gare.

— Quoi ?

— Es-tu déjà allée dans une pièce en étant persuadée tout au fond de ton âme que *tout le monde* parlait derrière ton dos ?

— Non, mais...

— Je sais que tu as traversé de dures épreuves, Mary. Je le *sais*. Il y a un dicton que j'essaie de suivre : toutes les personnes que tu rencontres luttent dans une bataille invisible dont tu ne sais rien, tu devrais donc toujours être bon. Je pense que toi et moi savons cela mieux que quiconque dans cette pièce. Si je te disais que Truck était un connard, est-ce que tu me croirais ? Est-ce que cela changerait tes sentiments pour lui ?

— Tu sais que non, dit Mary.

— Exact. Je ne peux pas dire que je sais comment Colt s'est senti lorsqu'il a tué ces gens. J'imagine qu'il était en colère. Et qu'il avait peur pour son ami. Et qu'il était frustré, et une centaine d'autres émotions que je ne peux pas nommer. Comment te sentirais-tu si *tu* étais le soldat capturé ? Ne voudrais-tu pas que tes compagnons soldats fassent tout ce qu'ils peuvent pour te retrouver ? Et si c'était Rayne, et que quelqu'un la prenait en otage ? Ne tuerais-tu pas quarante-deux personnes pour la retrouver ?

« La nuit de ton mariage a été un enfer pour moi. Je faisais semblant d'être heureuse, mais je me sentais très triste et je flippais que tout le monde soit en train de me regarder, se demandant qui j'étais et pourquoi j'étais là. Colt a été le *seul* à le remarquer. Il a compris que quelque chose n'allait pas et il m'a sorti de là. Il a passé toute la nuit à s'assurer que j'aille bien. Il ne m'a pas poussée à coucher avec lui. En fait, je ne me suis pas inquiétée une seule fois que ce soit la raison pour laquelle il m'aidait. Il m'a tenue dans ses bras toute la nuit, me faisant me sentir en sécurité, alors même que je luttais contre mon cerveau qui me disait des choses que je savais fausses, à propos de tout le monde en train de me regarder à la réception.

« Je me moque de ce que Colt a fait dans le passé.

Tout comme je me moque de ce que *tu* as fait. Tu n'es pas parfaite non plus, et ce que tu viens de me dire était impoli et méchant, mais je vais laisser passer, car je veux être ton amie, que tu es mariée à mon frère et que je pense que tu essayais vraiment de m'aider. Je ne m'attends pas à ce que Colt soit une sorte de modèle. Au final, il est gentil avec *moi*, et c'est ce qui m'importe. Il est aussi très inquiet pour les hommes qui sont sous ses ordres, y compris mon frère, ton mari. Et quand j'ai téléphoné la semaine dernière, paniquée et apeurée parce que des hommes étaient entrés dans mon appartement par effraction, c'est Colt qui m'a fait traverser cette situation. Il m'a fait garder mon calme de façon que les hommes ne me trouvent pas. Je sais *exactement* qui est Colt Robinson. Je pense que c'est *vous* qui ne le savez pas. »

Le silence dans la pièce après son éclat était oppressant, mais Macie refusa de détourner le regard de Mary. Il lui fallut faire appel à toute sa force pour cela, mais elle maintint le contact visuel avec elle.

— Je suis désolée, dit calmement Mary. Bon sang, tu as raison. J'ai dépassé les bornes. Mais pour ma défense, je l'ai fait parce que je tiens à toi. Parce que je t'apprécie. J'essaie d'arrêter de dire tout ce que je pense, mais de toute évidence, je n'y arrive pas. Tu me pardonnes ?

— Bien entendu, lui dit Macie.

Se disputer avec sa belle-sœur était la dernière chose qu'elle voulait.

— Je suis désolée que tu te sois sentie mal à l'aise à la réception, dit Casey. Est-ce à cause de ce que quelqu'un a dit ?

Macie prit une grande inspiration. Elle pouvait soit avouer son problème, soit inventer quelque chose pour écarter les inquiétudes de l'autre femme. Mais elle voulait avoir des amies. Elle voulait être capable de s'ouvrir à elles quand quelque chose de bien *ou* de mal arrivait dans sa vie. Si elle mentait à présent, il serait presque impossible de l'expliquer plus tard.

Prenant une décision en une fraction de seconde, elle expliqua :

— Je souffre d'anxiété chronique. Je prends des médicaments pour ça, mais parfois, ils n'aident pas toujours.

Elle maintint l'explication simple et retint sa respiration pour voir comment elles allaient réagir.

— Ça craint, dit Casey.

— Waouh, je n'imagine même pas à quel point ça doit être dur, commenta Rayne.

Mais ce fut Mary qui la stupéfia. Elle se leva de la chaise sur laquelle elle était assise et s'approcha de Macie. Elle s'agenouilla devant elle et posa une main sur son genou.

— Je suis désolée, dit Mary. Je devrais savoir mieux que quiconque que je ne devrais pas faire de suppositions à propos des gens. Et pour information, tu as toujours tellement l'air d'avoir les choses sous contrôle. Oui, tu étais nerveuse ce jour-là quand tu es venue à la banque, mais j'ai supposé que c'était parce que tu ne m'avais jamais rencontrée auparavant.

— Je suis rentrée chez moi après cette rencontre, j'ai pris un cachet que je n'utilise que pour les situations extrêmes et j'ai dormi pendant douze heures, admit Macie.

— Pour ce que ça vaut, je t'admire, dit Mary. Tu as vécu un enfer et tu ne t'es pas laissé abattre. Tu es dure comme la roche.

Macie resta bouche bée. Elle savait ce que Mary avait traversé. Pas seulement son enfance, mais aussi le cancer du sein contre lequel elle avait lutté... deux fois. Il était impossible qu'elle pense que *Macie* était forte. La plupart du temps, elle avait l'impression d'être une épave.

— Mais je peux le voir à présent. Tu es parfaite pour le commandant.

Toutes sortes de choses traversèrent l'esprit de Macie après ce commentaire. Qu'elle était parfaite pour lui, car elle avait besoin que l'on s'occupe d'elle. Qu'elle était trop faible pour se débrouiller sans un homme à ses côtés. Mais ensuite, Mary poursuivit.

— Parce que ton cœur est si grand que tu vois ce qu'il y a de bon chez qui que ce soit. Et tu t'inquiètes parce que les choses te tiennent à cœur. Trop. Je pense que le commandant a besoin de ça. Il a besoin de quelqu'un qui tienne à lui tout comme il tient à tous les soldats qui sont sous ses ordres.

Macie sourcilla. Mary avait parfaitement raison en ce qui concernait Colt. Il travaillait dur. Il se préoccupait pour les soldats qui étaient sous ses ordres… et leurs familles.

Elle pensa à la semaine précédente, à quel point il avait été heureux quand elle leur avait préparé le dîner. Quand elle avait fait la lessive. Quand elle avait changé les draps du lit dans lequel ils avaient dormi toute la semaine. Elle avait pensé qu'il était reconnaissant parce qu'il essayait de la faire se sentir mieux à propos du fait qu'elle vivait là temporairement, mais elle réalisait à présent qu'il avait probablement toujours fait ces choses-là lui-même.

— Merde, dit Casey en essuyant les larmes sous ses yeux. Vous me faites pleurer. Connasses.

Mary sourit à Macie puis se tourna vers Casey.

— C'est bien nous. Le groupe des connasses.

Macie n'arrivait pas à croire qu'elle puisse penser qu'il était amusant que quelqu'un l'appelle « connasse ». Dans le passé, l'insinuation aurait pu l'envoyer au lit pour quelques jours. Mais être comparée à Mary, qui ne tolérait aucune connerie de la part de qui que ce soit, ressemblait plus à un compliment. Macie l'appréciait. Ford lui avait beaucoup parlé du passé de Mary, et il l'avait prévenue de ne pas prendre personnellement ce qu'elle disait. Il lui avait dit que sa femme était culottée, mais ce n'était que pour se protéger. Cela avait eu du sens à cette époque, et en avait encore plus à présent.

Elle n'était pas en colère contre Mary pour ce qu'elle avait dit à propos de Colt. La jeune femme avait essayé de prendre soin de Macie. Le truc, c'est qu'elle se foutait complètement de ce que Colt avait fait dans le passé. Elle ne connaissait pas les détails, mais elle avait confiance en lui. Elle savait qu'il ne ferait de mal à personne si la situation ne l'exigeait pas. Et curieusement, ce que Mary avait dit faisait que Macie se sentait encore plus en sécurité à propos de Colt. Il s'assurerait que son ex ne s'approcherait pas d'elle. Elle n'en doutait pas un instant.

— Est-ce qu'ils ont trouvé les hommes qui sont entrés chez toi par effraction, ou ton ex ? demanda Rayne, comme si elle pouvait lire les pensées de Macie.

— Pas encore. Truck est allé chez moi avant-hier et il s'est rendu compte que quelqu'un était entré. Ils n'ont rien saccagé, mais ils avaient bien cherché ce que Teddy avait caché. Les flics n'ont rien trouvé dans ma pièce de sécurité, où Teddy a dit aux hommes que ça y serait, leur dit Macie, se sentant déjà plus à l'aise avec ces femmes qu'avec qui que ce soit d'autre depuis longtemps.

— Merde alors ! s'exclama Mary.

— De la drogue ? demanda Casey.

— C'est bien ça le problème. Je ne sais pas. Les flics ont amené un chien renifleur chez moi et il n'a rien trouvé. Il a donné l'alerte à plusieurs endroits, mais le dresseur pense que c'est parce que Teddy s'était trouvé là et qu'il avait probablement de la drogue sur lui à ce moment-là.

Macie détestait le fait qu'il soit venu chez elle et pourrait avoir eu de la drogue sur lui, mais elle essayait de passer outre. Colt l'avait beaucoup aidée à ce sujet, lui rappelant qu'*elle* n'était pas celle qui se droguait et qu'elle avait ignoré ce que Teddy faisait.

— As-tu besoin que nous allions chez toi pour nettoyer ou y passer prendre quoi que ce soit ? demanda Emily.

Macie la fixa d'un regard incrédule.

— Quoi ? demanda Emily en voyant que Macie ne répondait pas à la question. Je n'aurais pas dû demander ? Est-ce que ça t'angoisse quand les gens sont dans ton espace ?

Macie secoua la tête.

— Non. Je veux dire, oui, mais ce n'est pas... tu ne me connais pas, lâcha-t-elle, trébuchant sur ses propres mots.

Emily sourit.

— Je sais que tu es très importante pour le commandant. Je sais qu'il a exigé de nos hommes qu'ils nous demandent de venir aujourd'hui, car le fait que tu passes la plupart de tes journées ici toute seule l'inquiétait. Je sais qu'il a dit à Fletch qu'il ne travaillerait pas ce week-end parce qu'il allait le passer avec toi. J'ai beau ne pas encore te connaître très bien, j'en ai envie. De plus, aller à Lampasas me fera sortir de la maison et me donnera un peu de paix et tranquillité un moment. J'adore mes enfants, mais ils m'exténuent.

— Je serais ravie d'aider aussi, ajouta Casey.

— Moi aussi, dit Mary en souriant.

— Je... Merci, dit Macie. Mais je n'ai besoin de rien. Truck est allé me chercher quelques affaires l'autre jour et Colt, un autre soir. Il a dit qu'il voulait s'assurer que mon réfrigérateur était nettoyé, mais je pense qu'il espérait trouver en train de rôder l'un des hommes qui sont entrés chez moi par effraction.

— Ça ressemble à ce que l'un de nos hommes ferait, dit Casey en souriant.

À ce moment-là, Annie revint à l'intérieur. Elle était à bout de souffle et parlait à toute vitesse.

— Maman ! Je me suis fait une nouvelle amie. Elle s'appelle Sam. C'est un surnom pour Samantha. Je lui ai appris à jouer au soldat et je l'aime vraiment bien !

Emily sourit à sa fille et adressa un regard aux autres femmes comme pour dire : « Vous voyez ? Exténuant ».

— C'est génial, ma chérie. Maintenant, va te laver les mains avant de mettre de la boue partout chez le commandant. J'ai vu la salle de bains à côté de la cuisine.

Sans un mot, Annie se retourna et se dirigea vers la salle d'eau pour se nettoyer.

Le reste de l'après-midi se déroula sans incident. Macie était surprise de voir à quel point elle se sentait à l'aise avec les trois femmes, mais le fait qu'Annie soit là l'aidait sans aucun doute. Sa présence empêchait quiconque de parler de quelque chose qui pourrait contrarier la petite fille. Elles rirent, échangèrent des ragots et discutèrent de la vie de femme de militaire.

Avant qu'elle ne s'en rende compte, il était quatre heures moins le quart ; la porte d'entrée s'ouvrit et Colt entra.

Macie leva les yeux et lui sourit. Il la vit et vint directement à ses côtés. Il se baissa et l'embrassa sur la joue avant de se redresser.

— Salut.

— Salut, répondit-elle.

— On dirait que tu t'amuses bien, observa-t-il.

Macie acquiesça.

— On ne dirait pas que tu as commencé à préparer quoi que ce soit pour le dîner ?

Il haussa un sourcil, tournant son observation en question.

Macie fronça les sourcils.

— Non, je n'y avais pas encore pensé. Ça sera assez facile de préparer quelque chose, cela dit. Du poulet grillé ? Des hamburgers ?

Il sourit et passa une main dans ses cheveux.

— J'ai une envie de cuisine chinoise. Je peux aller en chercher. Simplement, je ne voulais pas rapporter quoi que ce soit à la maison si tu avais déjà fait un effort pour nous préparer quelque chose.

— Ça me semble super.

Colt sourit.

— Parfait. Reste ici à discuter. J'ai quelques trucs qu'il faut que je termine dans mon bureau, à l'étage. Je reviens dans un moment et tu pourras me dire ce que tu veux. D'accord ?

— D'accord.

Et ce ne fut qu'alors qu'il se tourna et hocha la tête vers les autres femmes.

— Ravi de vous voir, dit-il poliment.

Mary fixait Colt du regard comme si elle ne l'avait jamais vu auparavant. Casey et Emily lui sourirent et lui rendirent sa salutation.

— Salut, dit Annie d'une voix forte.

— Salut, Annie. Comment vas-tu ? Tu t'es entraînée à la course d'obstacles pour le concours pour enfants qui arrive ?

— Oui ! cria-t-elle en hochant la tête tellement fort que Macie pensa qu'elle allait se décrocher de ses épaules. J'ai hâte ! Je l'ai fait en cinq secondes de moins la dernière fois.

Colt s'approcha d'elle et posa une main sur son épaule.

— Je ne doute pas un instant que tu vas gagner ce

trophée, dit-il sérieusement. Je pense que tu peux faire tout ce que tu veux.

— Je veux être docteure, dit-elle. Et aider les soldats lorsqu'ils sont blessés en mission pour qu'ils puissent rentrer chez eux avec leurs familles.

Macie sourcilla de surprise. La plupart des enfants de huit ans qu'elle avait rencontrés voulaient devenir ballerines ou actrices. L'objectif d'Annie était bien plus spécifique... et noble.

— Les gens qui feront partie de ton unité auront beaucoup de chance, dit Colt solennellement.

Puis il se retourna, sourit aux autres, fit un clin d'œil à Macie et monta à l'étage pour aller dans son bureau.

— Merde alors ! murmura Casey.

— Je retire tout ce que j'ai dit, ajoute Mary à voix basse en secouant la tête.

— Il n'avait d'yeux que pour toi, dit Emily à Macie en souriant. Étant donné toute l'attention qu'il nous a adressée, nous aurions tout aussi bien pu ne pas exister.

— Il n'essayait pas d'être impoli, dit Macie pour défendre Colt. Il voulait juste s'assurer que j'allais bien. J'étais nerveuse pour aujourd'hui et il le savait.

Mary secoua la tête.

— Il te regarde comme Truck me regarde. Comme Beatle regarde Casey et Fletch regarde Emily.

Macie voulait protester. Elle voulait nier les mots de Mary, mais elle ne le pouvait pas. Elle avait vu la façon dont son frère regardait Mary. Elle était présente au mariage et avait vu comment *tous* les hommes de l'équipe de Colt traitaient leurs femmes. C'était vrai. Elle s'était habituée à être le centre de l'attention de Colt et elle s'était convaincue qu'il essayait juste d'être poli. Mais dans le fond, elle savait que ce n'était pas le cas. Ils avaient une connexion. Une connexion profonde.

Elle ne répondit pas, se contenta de sourire.

— Comment est-ce que Papa te regarde, Maman ? demanda Annie en inclinant la tête d'un air confus.

Emily ébouriffa les cheveux de sa fille.

— Comme sa femme, bien entendu.

Annie fronça les sourcils.

— Je ne comprends pas.

— Tu comprendras, ma chérie. Quand tu seras plus grande.

Annie leva les yeux au ciel.

— Tu dis toujours ça.

— Parce que c'est vrai.

— Houla, Maman ! Regarde ! C'est le moment d'Ethan ! dit Annie en désignant le tee-shirt d'Emily.

Il y avait deux taches humides sur le devant.

— Oh, mince. Tu as raison, dit Emily avant de lever les yeux vers le groupe d'un air embarrassé. D'habitude, il mange à cette heure-ci et même si j'ai pompé mon lait — elle se désigna — mon corps va au même rythme que lui.

Toutes les autres rirent, mais Macie ne pouvait que regarder Emily avec horreur. Pas parce que son lait avait fui à travers son tee-shirt, mais parce que si elle avait été à sa place, elle aurait été incroyablement embarrassée. Elle n'aurait jamais été capable de faire face aux autres femmes à nouveau. Elle ne comprenait pas comment Emily pouvait ne pas être complètement mortifiée.

— Je devrais probablement y aller aussi, dit Casey. Il faut que je corrige des copies pour demain.

— Et j'ai juste envie de voir mon mari, dit Mary avec un sourire en coin.

Macie raccompagna les femmes à la porte et dit au revoir à Casey et Mary. Annie courut jusqu'à la voiture pour pouvoir la démarrer, ce qui était apparemment l'une des choses qu'elle préférait faire.

Il n'y avait plus qu'elle et Emily dans l'entrée et Macie essaya de trouver quelque chose à dire et de ne pas fixer du regard les taches humides sur son tee-shirt.

— Je suis désolée si je t'ai mise mal à l'aise, dit doucement Emily.

À ces mots, Macie leva soudain les yeux vers elle.

— Quoi ?

— Je vois bien que tu es mal à l'aise. Et je suis désolée.

— C'est juste que... si ça m'était arrivé, je serais morte de honte. Ensuite, j'aurais dû prendre une pilule forte et me terrer dans une pièce sombre avec mes écouteurs sur les oreilles tout le reste de la nuit.

Emily gloussa.

— Avoir des enfants fait des miracles pour ma tolérance à la honte. Annie a pris l'habitude de dire les pires choses au pire moment. Et Ethan a toujours faim. Si je ne le nourris pas à l'heure, il crie au meurtre. J'ai découvert qu'il était plus facile de trouver un coin et de le nourrir que d'essayer de le calmer. Et je vais te dire, les gens ne sont *pas* à l'aise avec le fait de donner le sein en public. Et ce n'est pas comme si je dégainais mon sein ou une chose comme ça.

Emily secoua la tête.

— Annie est bien plus facile qu'Ethan, pour une raison ou pour une autre. Enfin bon, je voulais juste m'assurer que tu allais bien.

— Je vais bien, merci, lui dit Macie.

Et étonnamment, c'était vrai. Le fait qu'Emily ne soit pas bouleversée par ce qui s'était passé avec son corps avait beaucoup aidé Macie à apaiser sa propre appréhension à ce propos. C'était quelque chose de naturel. Ça arrivait.

— Merci d'être venue aujourd'hui. Je me suis amusée.

— Tu as l'air surprise, observa Emily.

Macie haussa les épaules.

— J'ai du mal à me faire des amis.

— Je ne sais pas pourquoi. Tu es drôle. Tu es gentille. Et tu n'as pas peur de prendre la défense de ton homme… ça fait beaucoup dans notre cercle.

Annie choisit ce moment pour klaxonner plusieurs fois.

Emily rit.

— C'est mon signal. Merci de nous avoir accueillies.

Puis, elle se pencha et prit rapidement Macie dans ses bras, faisant attention à ne pas serrer leurs poitrines l'une contre l'autre.

— Nous devrions le refaire bientôt. On reste en contact. Salut !

Macie n'eut pas l'occasion de dire un seul mot avant qu'Emily ne soit déjà à mi-chemin vers le trottoir, criant à Annie de se taire et de se mettre à l'arrière.

Deux mots se démarquèrent de tout ce qu'Emily avait dit : « ton homme ».

Macie voulait admettre que Colt n'était pas son homme. Qu'elle ne restait chez lui que jusqu'à ce qu'il ne soit plus risqué de rentrer chez elle à Lampasas. Qu'il s'occupait juste de la sœur d'un de ses soldats.

Elle avait peur de penser quoi que ce soit d'autre. En particulier parce qu'elle lui avait donné son numéro après le mariage et qu'il ne s'était pas donné la peine d'appeler.

Elle fit signe à Annie tandis qu'Emily démarrait et

retourna dans la maison, fermant la porte derrière elle et s'assurant de la verrouiller. Elle se tourna pour retourner dans l'autre pièce et poussa un petit cri de surprise lorsqu'elle heurta presque Colt.

— Tout va bien ? demanda-t-il.

Macie acquiesça.

— Non, Macie, dit-il en posant une main sur le côté de son cou et qu'il se penchait en avant. Est-ce que tu vas bien ?

Elle ne put empêcher un petit sourire de s'afficher sur son visage.

— Je vais bien, lui dit-elle. Vraiment. Je les aime bien. Annie est tordante et j'ai adoré faire un peu plus connaissance avec Emily et Casey.

— Et Mary ? Est-ce qu'elle s'est bien conduite ?

Macie dut hésiter un peu trop longtemps, car Colt soupira et s'écarta. Il lui prit la main et l'emmena dans le salon. Il s'assit sur le canapé et attira Macie sur ses genoux. Il plaça ses bras autour de sa taille et la tint fermement.

Macie le fixa d'un air choqué. Ils avaient dormi recroquevillés l'un à côté de l'autre chaque nuit, et Colt n'hésitait jamais à la toucher, à lui caresser la joue ou à passer une main dans ses cheveux. Mais il ne l'avait jamais emmenée par la main auparavant, du moins pas depuis la nuit de l'intrusion chez elle, et elle ne s'était pas assise sur les genoux de qui que ce soit depuis ses cinq ans.

Sans savoir où mettre ses mains, elle les posa maladroitement sur ses genoux.

— Qu'est-ce qu'elle a dit ? demanda Colt.

— Rien.

— Mace, dit-il plus doucement. Je sais qu'elle a dit quelque chose. Je veux dire, c'est Mary, elle ne peut pas s'en empêcher, ça fait partie de son charme.

Il sourit.

— Maintenant, dis-le-moi pour que je puisse te rassurer à ce sujet, quoi que ce soit, et puis j'irai nous chercher le dîner. J'ai faim.

Ce fut la dernière partie qui la fit changer d'avis. Elle avait l'impression qu'il passerait toute la nuit assis là si elle ne lui disait pas. Il était têtu à ce point-là. Mais son entêtement était l'une des raisons pour lesquelles elle était folle de lui.

Repoussant ces sentiments au fond de son esprit, refusant d'y penser à ce moment-là, elle dit :

— Je suis sûre qu'elle exagérait, ou qu'elle ne sait tout simplement pas la vérité.

— À propos de quoi ?

Prenant une grande inspiration, Macie dit :

— Elle essayait juste de s'assurer que je sache de quoi il s'agissait. Ce qu'il se passe ici. Et elle m'a dit que tu avais tué un tas de gens quand ton ami avait été capturé.

Elle sentit les muscles des cuisses de Colt se raidir

sous ses fesses et on aurait dit que l'air de la pièce devenait plus épais sous l'émotion.

Et merde. Pourquoi le lui avait-elle dit ? Elle aurait dû inventer quelque chose. Elle était tellement stupide ! À présent, il allait lui dire qu'elle ne pouvait plus rester chez lui, qu'il ne pouvait pas l'aider. Elle aurait dû la fermer !

CHAPITRE CINQ

Colt sentit que Macie commençait à trembler sur ses genoux et il fit de son mieux pour détendre ses propres muscles. Mais c'était trop tard. Il le voyait par la façon dont elle se voûtait et dont elle refusait de croiser son regard.

Il détestait faire quoi que ce soit qui déclenche son angoisse, il essaya donc rapidement d'arranger les choses. Ses mots l'avaient surpris et avaient fait remonter des souvenirs de cette journée atroce, la journée qui avait changé sa vie pour toujours.

Resserrant ses bras autour d'elle de façon qu'elle ne puisse pas fuir, il commença à parler.

— J'ai quarante-trois ans. J'ai été dans l'armée pendant presque toute ma vie d'adulte. Je ne sais pas ce que je ferai quand ils me forceront enfin à prendre ma retraite. Je n'ai jamais été marié. Je n'ai pas d'enfants. J'ai fait ma part d'erreurs au cours de ma vie et je ne vais pas te mentir, Macie. J'ai tué des gens. Beaucoup. Mais si je devais le refaire, je le referais. À chaque fois.

Il marqua une pause et prit une grande inspiration. Il n'était pas sûr de pouvoir revivre ce qu'il s'était passé à la fin de sa carrière dans la Delta Force.

Puis, il sentit Macie se détendre légèrement contre lui. Il posa sa tête sur son épaule et passa d'un geste hésitant ses bras autour de son cou. C'était tout ce qu'il lui fallait pour lui donner le courage de s'ouvrir à elle. Elle ne le rejetait pas. Elle connaissait l'essentiel, mais passait quand même ses bras autour de lui.

— Mon équipe a été envoyée dans une ville hostile pour retrouver ceux qu'ils pensaient être des partisans loyaux. Notre informateur avait dit qu'ils voulaient nous aider à faire tomber les talibans qui avaient un pied dans cette région-là. Honnêtement, nous étions en train de perdre la bataille et nous avions besoin de toute l'aide que nous pouvions obtenir. Les gros bonnets pensaient que ce serait une bonne idée d'utiliser les forces locales pour se battre. Alors nous nous sommes lancés. Nous étions prudents et mal à l'aise, mais on nous avait donné un ordre direct alors nous y sommes allés. J'avais la responsabilité de l'équipe et j'étais en tête quand un lance-roquettes est sorti de nulle part et a détruit le bâtiment derrière lequel nous nous tenions. Il s'est effondré directement sur nous.

Macie inhala difficilement, mais ne parla pas. Colt sentait ses doigts sur sa nuque, caressant ses cheveux courts. Il ferma les yeux et prit un moment pour apprécier la sensation de son corps sur le sien. À quel point le contact de ses doigts était agréable.

— Je me suis réveillé un moment plus tard. Je ne suis pas sûr de savoir combien de temps s'était écoulé. J'étais complètement enseveli sous les pierres et le béton du bâtiment, mais d'une manière ou d'une autre, je n'ai pas été écrasé, grâce à la façon dont les murs sont tombés. Je ne sais pas si tu te souviens qu'après le 11 septembre, quelques personnes ont été retrouvées en vie dans l'une des cages d'escaliers des bâtiments effondrés.

Macie acquiesça, par conséquent, Colt poursuivit.

— Oui, eh bien, c'est ce qui m'est arrivé aussi. J'étais relativement indemne, juste endolori, confus et j'avais un violent mal de tête. J'ai repoussé les gravats et j'ai rampé pour me sortir de là. Il faisait presque nuit, mais je pouvais encore voir ce qu'il y avait autour de moi. Deux de mes coéquipiers étaient morts, leurs têtes écrasées entre deux pierres du bâtiment. Un autre avait été sorti des débris et déshabillé. Bud était nu et il avait des marques de balles sur tout le corps, et une mare de sang autour de lui. Chez lui, il avait deux enfants et un autre en chemin. J'ai tourné la tête pour vomir et j'ai croisé le regard d'un autre coéquipier, Randy. Il était en vie. Allongé dans les débris de l'immeuble, mais ses jambes et son bassin avaient été écrasés et il était bloqué sous un énorme bloc de béton.

« Je suis allé à ses côtés et il m'a dit ce qui était arrivé à notre dernier coéquipier, que je n'avais pas encore trouvé. Randy avait vu ce qui était arrivé à tout le monde, mais n'avait rien pu faire pour aider. Il savait qu'il était en train de mourir. Il pouvait le sentir. Il a dit que le Sergent Griswald s'était battu contre les insurgés au début, essayant de les maintenir à distance. Il avait utilisé toutes ses balles et essayait de recharger quand ils l'avaient submergé. Bud leur avait tiré dessus d'où il était, également bloqué sous les gravats, mais ils l'ont sorti de là et l'ont tabassé. Lorsqu'il fut presque inconscient, ils l'ont déshabillé et ont commencé à tirer... juste pour s'amuser. Randy a dit qu'il avait l'impression que toute la ville était là en train d'observer, de rire, de participer. Des femmes, des enfants, des hommes, des personnes âgées et des jeunes. Quand Bud fut mort, ils sont retournés vers Gris. Il a été détenu par cinq insurgés. »

Colt laissa échapper un souffle.

— Il a fallu cinq de ces connards pour le maîtriser. Il était fort comme un bœuf et j'imagine qu'il était sacrément énervé, bordel. Enfin bon, ils ont attaché un morceau de corde autour de son cou et l'ont emmené. Randy a dit que Gris avait réussi à passer ses mains sous la corde pour ne pas être étranglé tandis qu'ils le traînaient dans la poussière, mais il ne savait pas où ils l'avaient emmené ni ce qu'il lui était arrivé.

Les derniers mots que m'a dit Randy furent de dire à sa femme qu'il l'aimait et qu'il était sacrément fier d'être à elle. Il est mort au milieu de cette ville épouvantable et je n'ai rien pu y faire. Aucun geste de premiers secours n'aurait pu recoller ses jambes ou arrêter le saignement. En regardant les quatre hommes morts autour de moi, j'ai eu un déclic. J'étais *tellement* furieux que ces hommes — mes amis... des époux et des pères, des frères et des fils — soient morts.

À ce moment-là, il faisait déjà complètement noir et j'ai cherché dans les gravats pour trouver les armes que je pouvais et je suis parti à la recherche de Gris. Nous avons tous été entraînés à résister à la torture et j'espérais fortement que ces connards ne l'avaient pas tout simplement tué sur le moment, comme ils l'avaient fait avec Bud.

J'ai tué toutes les personnes avec qui j'ai été en contact dans ma recherche de Gris. Certains à mains nues, pour ne pas attirer l'attention sur moi. Je ne leur ai pas non plus donné l'occasion de s'identifier. Randy avait dit que toute la ville avait participé à la mort de mes coéquipiers, et ils avaient ri en le faisant. Je n'ai eu aucune pitié pour aucun d'entre eux.

Quand j'ai trouvé Gris, je ne l'ai presque pas reconnu. Ils l'avaient déshabillé, tout comme Bud, et l'avaient attaché à un piquet à l'arrière de la ville. Il était à peine conscient, mais je voyais bien, même depuis ma cachette, qu'il luttait encore pour survivre. J'avais récupéré plusieurs armes à feu des personnes que j'avais tuées sur mon chemin à travers la ville et j'avais un sacré arsenal… y compris un lance-roquettes.

Je n'ai pas hésité. J'ai visé un groupe qui se tenait près de Gris et j'ai tiré. C'était stupide. J'aurais pu tuer Gris.

— Mais ce n'est pas arrivé, dit Macie avec une certitude absolue.

Colt sursauta sous elle. Il était tellement perdu dans les souvenirs, dans son esprit, qu'il avait oublié où il était. Il avait oublié jusqu'à la présence de Macie.

— Pour confirmer ce que tu as entendu, chérie… oui, j'ai tué beaucoup de monde. Des femmes âgées, des adolescents, des adultes. Je ne le regrette pas et je le referais si je me retrouvais à nouveau dans la même situation.

— Et Gris ? demanda-t-elle.

— Quoi ?

— Est-ce qu'il a survécu ?

— Oui, il a survécu. Quand l'air s'est dégagé et après avoir liquidé les insurgés qui restaient et qui n'avaient pas fui après que j'ai tiré le lance-roquettes, j'ai libéré Gris de ce foutu piquet et je nous ai sortis de là.

— Tu dois être fier de ça, dit-elle.

— J'ai beau avoir ramené Gris, j'ai laissé Randy,

Bud et les autres là-bas. La règle que nous prenons très au sérieux, c'est que nous n'abandonnons jamais personne.

Macie se redressa sur ses genoux et se tourna vers lui. Elle prit son visage entre ses mains et le regarda dans les yeux.

— Tu ne pouvais pas vous mettre, Gris et toi, en sécurité et emmener les corps aussi. Ils l'auraient compris, Colt. Et je pense que s'ils avaient quoi que ce soit en commun avec toi ou mon frère, ils te botteraient le cul pour ne serait-ce que *penser* à revenir pour leurs corps après avoir sauvé Gris.

Elle avait raison. Randy avait été très explicite à propos de la sécurité. À propos de ne pas prendre de risques stupides. Et Bud était complètement décontracté. Il avait reçu son surnom, car au camp d'entraînement, le sergent instructeur l'avait accusé d'être drogué, car rien ne le perturbait. Bud se contenterait de hausser les épaules et de dire que Colt avait fait ce qu'il fallait pour ramener Gris chez lui.

Même s'il savait qu'elle avait raison, cela n'estompait pas le sentiment de culpabilité qu'il continuait de sentir.

— Je sais ce que c'est que de se sentir coupable à propos de quelque chose, dit Macie après avoir reposé sa tête sur son épaule.

Colt redressa immédiatement sa propre tête et se concentra sur la femme qui était sur ses genoux. Elle n'était plus détendue dans ses bras. Il pouvait sentir ses muscles se raidir alors même qu'elle commençait à parler.

— Il y a tellement de choses dans ma vie pour lesquelles je me sens coupable. J'ai fait tellement d'erreurs que ce n'est même pas drôle. En commençant par me disputer avec mon frère avant qu'il ne parte.

— Vous étiez des enfants. Tu ne peux pas t'en vouloir pour ça, dit Colt.

Il déplaça une main pour lui caresser le bas du dos tandis que l'autre, posée sur sa cuisse, y pétrissait doucement la chair.

— Je crois que je ne m'en veux pas, mais j'aurais souhaité l'avoir écouté.

Colt s'immobilisa.

— Le garçon avec qui je sortais n'était pas quelqu'un de bien. Ford le savait, mais je pensais que le type m'aimait. Je suppose que je m'étais accrochée à lui pour remplacer l'affection que je savais que je perdrais quand Ford partirait. Mais ce n'était pas un type bien. Il m'a convaincue qu'il m'aimait et que nous serions ensemble pour toujours. J'étais si jeune… je pensais que nous allions nous marier. Je l'ai laissé me convaincre de coucher avec lui. Et je… je suis tombée enceinte quand j'avais quinze ans.

Colt s'obligea à respirer, mais ne l'interrompit pas.

— J'avais tellement envie d'avoir cet enfant, dit doucement Macie. Nous avons commencé à nous disputer davantage et je soupçonnais qu'il voyait d'autres filles dans mon dos, mais je voulais tellement que cela fonctionne entre nous. Je lui ai parlé du bébé et, bien entendu, il a rompu avec moi. Il a dit qu'il n'était pas prêt à être père. Et il est parti, sans plus. J'avais le cœur brisé, mais j'étais déterminée à élever mon bébé seule.

Elle arrêta de parler et Colt lui donna plusieurs minutes pour poursuivre, mais voyant qu'elle ne le faisait pas, il posa sa main sur sa nuque et la massa.

— Que s'est-il passé ?

Il était presque sûr qu'elle n'avait pas d'enfant caché quelque part. Il fit les comptes dans sa tête et supposa que son enfant aurait environ dix-huit ans.

— Mes parents m'ont fait avorter.

Ses mots étaient neutres et encore plus déchirants à cause de leur manque d'émotion.

— Je suis désolé, chérie.

Elle se recroquevilla davantage contre lui, levant ses genoux. Colt resserra son étreinte, essayant de l'envelopper dans son soutien.

— Ils ont dit que je ferais une horrible mère, m'ont convaincue que je n'avais aucun moyen de subvenir à mes besoins, et encore moins à ceux d'un bébé. Ils ont dit qu'ils ne le garderaient pas et que je devrais arrêter l'école. Ils m'ont dit que j'étais une salope et que ce n'était pas étonnant que mon frère soit parti et qu'il ne m'ait pas parlé depuis. Ils m'ont dit que je n'avais aucun bon sens et que mon bébé serait probablement déformé ou handicapé.

— Quels connards !

Les mots échappèrent à Colt avant qu'il ne puisse le retenir.

— Macie, ton âge n'a aucune influence sur le fait que ton bébé naisse en bonne santé. Et je te garantis que Truck n'est pas parti à cause de toi.

— Je le sais… *maintenant.* Mais ce n'était pas le cas à l'époque. Je les ai laissés me convaincre que c'était la meilleure solution. Ils m'ont emmenée à la clinique et ont refusé de revenir pour voir le médecin avec moi. Quand j'ai avorté… Ça m'a fait mal, Colt. Pas physiquement, le médecin m'a anesthésiée pour cette partie de la procédure, mais c'était comme si une partie de moi m'était arrachée. Le médecin m'a dit que c'était mon imagination, que le fœtus était tellement petit que je ne pouvais rien sentir, mais c'était comme si nous étions connectées spirituellement. J'ai su exactement quand elle est morte.

— Elle ? demanda Colt, des larmes se formant dans ses yeux tandis qu'il imaginait l'angoisse mentale qu'elle avait dû vivre en tant qu'adolescente vulnérable.

— Oui. Une fille. Elle aurait eu dix-huit ans. Elle serait en train d'être diplômée du lycée et se préparerait à aller à l'université. Je me demande souvent quel genre de personne elle serait aujourd'hui. Est-ce qu'elle serait casse-pieds et qu'elle sortirait en cachette tous les soirs ? Ou est-ce qu'elle aimerait les maths et la science ? Peut-être que ce serait une athlète ou une chanteuse. Je me sens coupable pour avoir cédé si facilement face à mes parents. J'aurais dû leur faire face. Peut-être qu'aujourd'hui, ma fille serait en vie et se préparerait à changer le monde.

— Écoute-moi, dit Colt, tournant son menton de manière qu'elle soit face à lui. Tu n'as rien à te reprocher. *Rien.* Ce sont tes parents qui devraient se sentir coupables. Ils vous ont traités comme de la merde pendant des années, Truck et toi. Le fait qu'ils ont fait ce qu'ils pouvaient pour te faire penser qu'il était parti par ta faute était déjà suffisant pour les détester, d'après moi. Mais le fait qu'ils t'aient obligée à avorter de ton bébé alors que tu ne le voulais pas est impardonnable.

« S'il y a une chose que j'ai apprise au cours des années, c'est que nous ne pouvons pas retourner dans le passé. Nous ne pouvons pas changer le passé. Nous ne pouvons qu'aller de l'avant. Ça craint et ce n'est pas juste, mais c'est comme ça. Ton frère est de retour, maintenant. Je suis là. Tu n'es plus obligée de reparler à tes donneurs de sperme. Tu as tout un groupe d'hommes et de femmes qui sont plus que ravis d'être tes amis.

« Je ne vais pas dire que je ne me souviendrai jamais de ce qui est arrivé à mes amis sans souhaiter que les choses puissent être différentes, mais je fais de mon mieux pour aller de l'avant. Pour être le genre d'homme qu'ils voudraient derrière eux. Pour être le genre de commandant qui n'enverrait jamais ses hommes sur le champ de bataille sans connaître tous les faits. Ton frère et son équipe, et l'autre équipe que je commande n'auront jamais à s'inquiéter de ne pas connaître tous les faits avant de risquer leurs vies. Je ne les déploierai *pas* si je ne suis pas sûr de savoir tout ce qu'il y a à savoir sur ce dans quoi je les engage. Randy et Bud ne sont pas morts en vain. Ils continuent de vivre à travers ton frère et à travers chaque membre des équipes de Delta Force dont je suis responsable. »

— Qu'est-il arrivé à Gris ? demanda Macie.

Colt sourit pour la première fois depuis ce qui semblait être des heures.

— Il a pris sa retraite pour raisons médicales. Il vit dans une petite ville du nom de Stehekin, dans l'état de Washington. La seule manière d'y aller, c'est de prendre un ferry pendant quatre heures pour remonter le lac Chelan. Ils n'ont pas d'hypermarchés, il n'y a qu'environ cent résidents à l'année et la ville est ensevelie sous la neige sept mois par an.

— Ça ressemble au paradis, dit Macie en souriant.

— J'y suis allé plusieurs fois. Et ça l'est, acquiesça Colt. Sa femme et lui ont trois enfants. Son aîné s'appelle Colt.

Le sourire de Macie s'élargit davantage.

— J'adorerais le rencontrer un jour.

— D'accord. Je serais ravi de t'emmener à Stehekin. En été, cela dit. Je n'aime pas toute cette neige.

Elle gloussa et Colt ne pouvait que la fixer du regard. C'était lui qui avait provoqué cela. Elle venait de finir de parler de son bébé qui avait été tué et il l'avait fait glousser.

Colt n'avait jamais cru au destin. Il était impossible que Randy, Bud et les autres aient été voués à mourir comme ils l'ont fait. Impossible que Gris ait été destiné à être torturé comme il l'a été.

Mais assis sur ce canapé, avec Macie détendue et chaude dans ses bras, il était obligé de changer d'avis.

Il avait fait d'horribles choses au cours de sa vie. Il ne méritait vraiment pas quelqu'un comme Macie. Et pourtant, elle était là. Ils avaient tous les deux pris tant de décisions au cours des années, et même une seule pourrait avoir signifié que leurs chemins ne se croisent jamais. Mais c'était arrivé.

Colt les repositionna sur le canapé de façon que son dos soit contre l'accoudoir et qu'elle soit à moitié assise et à moitié allongée entre ses jambes, et il alluma la télévision. Ils s'étaient dévoilé des choses plutôt dures ce jour-là. Il était temps de se reposer et de simplement apprécier le fait d'être ensemble.

Il sentit Macie se détendre davantage contre lui et finit par s'endormir. Il enfouit son nez dans ses cheveux et inhala son odeur florale. Il se jura trois choses.

Premièrement, si ses parents essayaient un jour de reprendre contact avec elle, il s'assurerait qu'ils comprennent qu'ils n'existaient plus pour elle, et que s'ils lui reparlaient un jour, ils le regretteraient. Deuxièmement, il ne laisserait pas son ex-petit ami et ses brutes poser la main sur elle. Elle avait traversé trop d'épreuves.

Et troisièmement, il l'aimait et ferait tout ce qu'il fallait pour la rendre heureuse pour le restant de ses jours. Elle lui était destinée. Elle n'avait pas sourcillé face à son récit de la manière dont il avait massacré tellement de gens pour sauver un homme. Elle n'avait pas été horrifiée, n'avait pas trouvé d'excuses à son comportement.

— Je t'aime, Mace, dit-il dans un murmure à peine audible.

— Hmmm, murmura-t-elle en resserrant sa prise sur son bras, qui se trouvait autour de sa poitrine.

Colt sourit et sentit enfin la culpabilité qu'il avait portée pendant si longtemps se dissiper. Levant les yeux vers le plafond, il articula silencieusement : *Merci, les gars.*

CHAPITRE SIX

Macie leva les yeux de son ordinateur avec surprise lorsqu'elle entendit la porte du garage s'ouvrir. Jetant un coup d'œil à sa montre, elle vit qu'il n'était que quatorze heures. Elle ne s'attendait pas à ce que Colt rentre avant encore une heure et demie environ. Elle ne paniqua pas, cependant, car ce n'était pas comme si les malfrats qui s'étaient introduits dans son appartement ouvriraient la porte du garage s'ils avaient retrouvé sa trace chez Colt.

Reconnaissante pour la pause – elle était en train de reconstruire le site internet d'un auteur après l'infection du précédent par un malware, et elle avait l'impression de loucher – Macie sauvegarda son travail sur l'ordinateur et se leva pour accueillir Colt. C'était vendredi après-midi et elle avait hâte qu'il passe deux jours entiers à la maison. Elle sentait qu'elle avait un repère lorsqu'il était là. Comme s'il avait une sorte de champ de force magique autour de lui qui empêchait son angoisse de monter.

Elle entendit la porte du garage se fermer et puis il entra.

— Salut.

— Salut, chérie. Comment s'est passée ta journée ?

— Bien. Et la tienne ? Tu rentres tôt.

— Effectivement. J'ai pensé que nous pourrions faire un petit voyage ce week-end, si tu en as envie.

Macie s'immobilisa. Un voyage ? Ensemble ? Partageraient-ils une chambre d'hôtel ?

C'était une pensée stupide. Ils dormaient ensemble dans le lit de Colt depuis qu'elle était arrivée chez lui. Ce n'était pas sexuel et plus les jours passaient, plus elle se sentait insatisfaite par ce statu quo. Elle ignorait comment dire à Colt qu'elle était prête à passer à l'étape suivante. Elle ne voulait pas faire quoi que ce soit pouvant changer la relation confortable qu'ils avaient. Et si elle initiait une relation sexuelle et qu'il ne le désirait pas, elle serait embarrassée et devrait retourner chez elle.

Comme s'il pouvait sentir son agitation interne, Colt s'approcha d'elle à grands pas. Macie adorait le voir en uniforme. Il semblait sûr de lui et fort, ce qui était l'opposé total à ce qu'elle ressentait la plupart du temps.

— Si tu préfères, nous pouvons rester ici comme le

week-end dernier, la rassura-t-il tandis qu'il plaçait doucement une mèche de ses cheveux derrière son oreille. Je pensais juste que tu pourrais apprécier un changement de rythme. Tu es pratiquement restée enfermée dans la maison depuis que tu es arrivée.

— J'aime ta maison, lâcha-t-elle.

— Je sais, chérie. Et j'aime que tu sois *dans* ma maison, mais j'aimerais nous emmener en week-end. Le détective de Lampasas n'a pas encore trouvé Teddy, même si après la seconde intrusion chez toi, ils ont vraiment intensifié leurs recherches. J'ai réservé une chambre au Four Seasons, à Austin. J'ai demandé une vue sur le lac Lady Bird et le Congress Avenue Bridge pour que nous puissions observer les chauves-souris partir chercher de la nourriture à la nuit tombée.

Macie avait entendu parler des célèbres chauves-souris d'Austin. On disait que plus d'un million de chauves-souris vivaient sous le pont et qu'elles sortaient tous les soirs à la tombée de la nuit pour aller chercher à manger. Elle avait voulu aller voir ce phéno-mène, mais n'avait jamais pris le temps.

Colt poursuivit :

— Il y a un aquarium où nous pourrions aller à Austin, ou nous pourrions visiter le centre-ville. Sixth Street est aussi une option. Ils ont une énorme fête de quartier tous les week-ends, avec des groupes qui jouent en direct, mais je n'étais pas sûr que ce soit ton truc. Les magasins là-bas sont plutôt éclectiques et nous pourrions nous promener pendant la journée si tu veux. Tout ça pour dire que j'ai juste envie de passer du temps avec toi, Macie. Tous les deux. Continuer à te connaître. Nous amuser un peu.

Macie prit une grande inspiration et acquiesça.

— Ça me plairait.

— Mais ? demanda Colt.

Macie sourit légèrement et secoua la tête.

— Comment peux-tu me lire aussi bien ?

— Parce que je prête attention. Quelle partie de mon plan ne te plaît pas ? Rien n'est inscrit dans la roche. Nous pouvons changer les choses comme tu en as envie.

— Il y a un magasin qui s'appelle Uncommon Objects à Austin. L'un des auteurs pour qui je travaille m'en a parlé. C'est un magasin d'antiquités, mais apparemment, c'est bien plus que ça. Ils ont toutes sortes de choses, mais j'aimerais mettre la main sur des photos anciennes. De vraies photos de véritables gens. De souvenirs qui sont perdus pour ceux qui les ont vécus, je n'imagine même pas les histoires qui vont me venir à l'esprit quand je les verrai.

Colt lui souriait et il avait un regard qu'elle ne parvenait pas à interpréter.

— Bien sûr que nous pouvons y aller.

— Et il y a un restaurant qui s'appelle Bacon où j'ai envie d'aller. J'ai vu une rediffusion d'un épisode de *Food Paradise* sur Travel Channel dans lequel ils en parlaient. Ils font toutes sortes de bacon aromatisé. Je pense que ce serait amusant d'y aller.

Le regard indulgent n'avait pas abandonné le visage de Colt.

— J'y suis allé. Et tu as raison, la nourriture y est incroyable. Mais chérie, j'ai de mauvaises nouvelles.

— Quoi ? demanda Macie.

— Ils ont fermé.

— Sérieusement ?

— Oui. Il y a deux ans. Je suppose que la rue où ils se situaient était souvent inondée et cela les a fatigués. Ils étaient censés ouvrir ailleurs, mais je n'ai pas vu s'ils l'avaient fait ou pas.

— Mince alors, dit Macie.

— Je te ferai du bacon si tu veux, Mace, lui dit Colt.

— Ce ne sera pas la même chose, dit-elle en faisant la moue.

Colt ricana.

— C'est vrai. Voyons si nous pouvons trouver un autre endroit qui vend du bacon qui déchire quand nous y serons. Qu'est-ce que tu en dis ? La ville est célèbre pour ses restaurants éclectiques et indépendants.

— D'accord.

— Alors, tu viens avec moi ?

Macie leva les yeux vers Colt et dit sérieusement :

— Je pense que j'irais n'importe où avec toi.

— Nous n'aurons pas le temps d'y arriver pour voir

les chauves-souris ce soir, et je suppose que nous serons tous les deux fatigués quand nous y serons. Alors j'ai pensé que nous pourrions juste commander quelque chose au service de chambre.

— Ça me semble parfait. Colt ?

— Oui, Mace ?

— J'apprécie tout ce que tu as fait pour moi. Je veux dire, je sais que je suis la sœur de Ford et qu'il est l'un des soldats à tes ordres, mais je l'apprécie quand même.

Il eut l'air dérouté à ce moment-là.

— Macie, tu sais que je ne t'aide pas uniquement parce que tu es la sœur de Truck, pas vrai ?

Macie entendit l'incrédulité dans sa voix et commença à devenir nerveuse d'une manière qu'elle n'avait pas ressentie auprès de lui depuis qu'elle avait emménagé chez lui.

— Eh bien, non, car ça serait fou. Je veux dire, tu ne peux pas faire venir les frères et sœurs de *tout le monde* chez toi s'ils ont besoin d'aide. Mais je comprends que tu étais avec Ford quand je l'ai appelé cette nuit-là. Et quand j'ai refusé d'aller chez lui et Mary, tu t'es retrouvé dans une situation étrange. Tout ce que je veux dire, c'est que je suis reconnaissante.

Elle ne parvenait pas à interpréter l'expression de son visage à ce moment-là, et cela commençait à faire paniquer Macie. De toute évidence, elle avait dit ce qu'il ne fallait pas, *de nouveau*, mais elle ne savait pas comment arranger cela. Elle essaya donc de briser le silence gênant.

— Je veux dire, ce n'est pas comme si nous n'étions pas amis, car c'est le cas. Je t'apprécie et je pense que *tu* m'apprécies. Mais en voyant que tu ne m'appelais pas après le mariage de mon frère, j'ai en quelque sorte compris ce que nous étions l'un pour l'autre et ça me convient.

— En voyant que je ne t'appelais pas ? demanda Colt, brisant son étrange silence. Mace, je n'avais pas ton numéro. J'aurais pu le demander à Truck, mais je ne pensais pas que c'était ce que *tu* voulais. Je ne voulais pas non plus que tu sois mal à l'aise pour ce qu'il s'est passé cette nuit-là... mais ce n'était certainement pas mon cas. J'ai adoré parler avec toi. Apprendre à te connaître. Mais je n'allais pas te forcer à sortir avec moi si tu n'en avais pas envie.

— Je t'ai laissé mon numéro, eut le courage de dire Macie. Sur un mot.

La confusion abandonna le regard de Colt et la détermination prit sa place.

— Où ?

— Où quoi ?

— Où as-tu laissé le mot ?

La confusion faisait tourner la tête de Macie.

— Juste à côté de ton lit. Sur la table de chevet.

Sans rien dire, Colt lui prit la main. Il se retourna et l'attira derrière lui tandis qu'il montait à l'étage et se dirigeait vers sa chambre. Macie ne protesta pas et ne dit rien. La façon dont il agissait lui paraissait trop étrange.

Quand ils entrèrent dans sa chambre, il se tourna vers elle et dit :

— Montre-moi où.

Macie désigna la petite table de chevet à côté du lit. Le même carnet qu'elle avait utilisé cette nuit-là était encore posé là, avec le stylo.

Colt regarda la table puis se tourna à nouveau vers elle, puis à nouveau vers la table.

Alors même que Macie allait devenir complètement folle, il dit :

— Je n'ai vu aucun mot de ta part, Mace. Et crois-moi, j'ai cherché. Quand je me suis réveillé et que tu n'étais pas à côté de moi, j'ai été contrarié. J'avais eu hâte de prendre le petit-déjeuner avec toi. De parler un peu plus avec toi. Je me suis habillé et je suis descendu pour voir si tu avais laissé un mot. Et une fois de plus, j'ai été déçu de ne rien trouver. J'ai supposé que tu ne sentais tout simplement pas la même connexion entre nous que moi.

— C'était le cas. C'*est* le cas, dit Macie. Cela a été difficile pour moi de laisser ce mot, car j'avais peur que tu te sois juste montré gentil. Que tu n'aies pas été sérieux quand tu m'as demandé si je voulais aller déjeuner ou quelque chose comme ça. Mais tu m'avais plu. Alors je t'ai laissé mon numéro. Et tu n'as pas appelé.

Il passa sa main libre sur son visage.

— Bon sang, quel bordel, marmonna-t-il.

Colt lâcha sa main et se dirigea vers le lit. Il se mit à genoux et regarda en dessous. Macie ne savait pas ce qu'il était en train de faire.

Puis, il tendit le bras sous la structure de lit et en sortit une feuille de papier blanche qu'il leva en l'air.

Elle retint sa respiration. Des moutons de poussière étaient accrochés à la feuille, indiquant qu'elle se trouvait sous le lit depuis longtemps.

Il n'avait pas menti. Il semblait qu'il n'avait vraiment *pas* vu le mot.

Il se leva et revint vers elle, tenant le mot entre eux. Elle baissa les yeux et vit sa propre écriture sur le petit morceau de papier.

Colt. Merci pour hier soir. Si tu étais honnête à propos de m'emmener déjeuner un jour, cela me plairait. ~ Macie

Son numéro était clairement écrit sous son petit mot. Déglutissant difficilement, elle leva les yeux vers Colt.

— Fait chier, dit-il doucement. Je n'arrive pas à croire que je ne l'ai pas vu. J'ai perdu tellement de temps.

Macie n'était pas sûre de savoir quoi répondre à cela.

— Je me souviens avoir fermé la porte de la chambre ce matin-là et avoir pensé que j'étais ravi de ne pas vivre dans un appartement quand elle a claqué plus fort que je ne le voulais, dit Colt d'un air songeur. Je suppose que cela l'aura fait voler. Tout ce temps, j'aurais pu être avec toi et j'ai tout foiré.

À présent, Macie se sentait mal de voir qu'il se tenait pour responsable.

— Je n'aurais pas dû l'arracher du calepin, dit-elle. Je n'avais pas les idées claires.

— Non, dit-il immédiatement tout en secouant la tête. Ce n'est pas ta faute. C'est la mienne. J'aurais dû prendre mon courage à deux mains et demander ton numéro à Truck quand même.

Merde. Colt épousseta le mot et se dirigea à nouveau vers la petite table. Il posa le mot, s'assurant de mettre le stylo dessus pour qu'il ne s'envole pas à nouveau, puis revint vers Macie.

Il prit ses deux mains dans les siennes et baissa les yeux vers elle.

— J'aurais téléphoné ce jour-là si j'avais vu ton mot, Mace. Je t'aurais dit que j'avais passé une nuit fantastique avec toi, même si elle n'avait pas commencé dans les meilleures circonstances. Je t'aurais invitée à déjeuner. Puis, après le déjeuner, je t'aurais demandé de sortir dîner avec moi. Je t'aurais demandé la permission de t'embrasser à la fin du rendez-vous, après t'avoir ramenée chez toi. Et je n'aurais pas cessé de t'envoyer des messages après cela, et je t'aurais appelée en rentrant du travail juste pour entendre ta voix. Je t'aurais offert des cadeaux absurdes pour que tu ne m'oublies pas. Nous aurions pu regarder des films chez toi et ici, chez moi. Nous aurions ri ensemble et j'aurais été là pour toi si tu avais eu une crise de panique. Je suis tellement désolé de ne pas avoir vu ton mot, bordel. *Tellement* désolé.

Macie sentait son cœur battre rapidement dans sa poitrine, même si cette fois, il ne s'agissait pas d'une sensation désagréable.

— Nous pouvons encore faire tout cela, eut-elle le courage de dire. Nous ne nous sommes rencontrés qu'il y a un mois et demi.

— Je *veux* faire tout cela, dit immédiatement Colt. Et plus encore. Mais je déteste quand même le fait que nous ayons perdu un mois entier où nous aurions pu être ensemble.

N'aimant pas le regard sur son visage, Macie leva la main vers son cou. Son pouce caressa doucement sa mâchoire ciselée et elle dit :

— Demande-moi la permission de m'embrasser, Colt.

Et juste comme ça, le regret s'effaça de son visage et fut remplacé par le désir.

— Puis-je t'embrasser, Mercedes Laughlin ?

— Oui. S'il te plaît, répondit-elle.

Macie pensa qu'il allait écraser immédiatement ses lèvres contre les siennes, mais il la surprit en se baissant et en plaçant ses lèvres sur son front. Puis sa joue droite, puis la gauche. Puis, il prit la main de Macie, qui se trouvait sur son cou, et en embrassa la paume. Il la lâcha et plaça ses mains de chaque côté du cou de Macie, ses pouces caressant sa mâchoire tout comme elle l'avait fait sur la sienne.

— D'une manière ou d'une autre, nous avons réussi à tout rater depuis le début, pas vrai ? demanda-t-il doucement. Mais j'ai beau regretter de ne pas avoir trouvé ton mot et de t'avoir fait t'inquiéter même une seconde à propos des raisons pour lesquelles je ne t'ai pas appelée, j'adore le fait que tu vives chez moi en ce moment. Que tu dormes dans mon lit. Dans mes bras. Je n'ai pas insisté pour en avoir plus, car la dernière chose que je veux, c'est te presser...

— Insiste, dit Macie, interrompant ce qu'il était sur le point de dire.

Il secoua la tête.

— Non. Je refuse d'aller vite. Nous n'avons qu'un seul premier baiser. Qu'une seule première fois à faire l'amour. J'aime me sentir fébrile. Le fait de savoir que la sensation grisante en moi est revenue. C'est le cas, pas vrai ? Tu le sens aussi ?

Macie se lécha les lèvres et adorait la façon dont les

yeux de Colt se baissèrent immédiatement vers sa bouche.

— Oui, Colt. Je le sens aussi.

Respectueusement, il passa un pouce sur ses lèvres. Puis, ses beaux yeux gris croisèrent les siens et il baissa la tête.

Macie ferma les yeux et attendit.

Ses lèvres chaudes effleurèrent les siennes. Avec légèreté. Terriblement douces.

— Parfait, l'entendit-elle murmurer avant que ses lèvres ne soient à nouveau sur les siennes, plus fortement cette fois.

Sa langue effleura l'ouverture, demandant la permission d'entrer. Macie la lui donna. Elle ouvrit la bouche et ils s'embrassèrent.

Ils s'embrassèrent *vraiment*.

Macie avait déjà été embrassée, mais rien de comparable à ce qu'elle ressentait dans les bras de Colt. Ses mains maintenaient sa tête immobile tandis qu'il la dévorait. Elle émit un gémissement guttural et agrippa la chemise d'uniforme de Colt tandis qu'elle prenait tout ce qu'il lui donnait. C'était beau et charnel en même temps. Et le meilleur, c'était qu'elle ne ressentait pas une once d'angoisse. D'habitude, lorsqu'elle était avec un homme, elle se demandait où mettre ses mains, si son haleine sentait mauvais, s'il prenait du plaisir... mais avec Colt, tout le reste n'avait plus d'importance.

Elle ne pouvait que penser à lui. Et à ce qu'il lui faisait ressentir. Rien d'autre n'avait d'importance. Personne d'autre n'existait dans leur petite bulle.

À la fin, le baiser devint plus doux, moins passionné, moins éperdu. Colt termina leur baiser par de petits bisous puis appuya son front contre le sien.

— Waouh, dit doucement Macie.

— Effectivement, waouh, répéta Colt en souriant.

— Il y a quelque chose que tu devrais savoir, lui dit Macie.

Il recula et l'observa, son regard allant de ses yeux à sa bouche, puis vers la légère rougeur de ses joues avant de croiser à nouveau son regard.

— Ah oui ? Quoi donc ?

— Je ne t'aurais jamais laissé m'embrasser ainsi il y a un mois, dit-elle honnêtement. Et même si je déteste le fait qu'il y ait eu un malentendu entre nous, ce baiser le compense.

Il sourit.

— C'est exact, pas vrai ?

Macie acquiesça.

— Pour information, ajouta-t-il, je me souviendrai toujours de notre premier baiser comme l'un des moments les plus excitants et les plus émouvants de ma vie.

— Colt, murmura Macie, se sentant bouleversée.

Il avait le coup pour dire exactement ce qu'il fallait au moment idéal.

— Fais ton sac, dit-il en passant le dos de sa main sur sa joue avant de s'écarter. Je vais me changer et je te retrouve en bas. Nous prendrons la route dès que tu seras prête.

Elle acquiesça. Soudain, le week-end semblait encore plus palpitant qu'avant. Elle était allée à Austin, mais y aller avec Colt rendait les choses plus spéciales, d'une certaine façon.

Macie se dirigea vers la porte. Même si elle avait passé chaque nuit dans son lit, ses affaires étaient dans la chambre d'amis, où il avait posé ses valises le premier jour où il l'avait amenée.

Elle se retourna avant de sortir de la pièce pour le voir passer un doigt sur le mot posé sur la table de chevet.

Il leva les yeux et la vit en train de le fixer du regard.

— Si les choses se passent comme je l'espère, je vais le faire encadrer pour qu'il ne se perde plus jamais.

La gorge de Macie se serra de joie et elle ne parvint pas à dire un mot. Elle se contenta de sourire et se retourna pour aller préparer ses affaires.

<h1 style="text-align:center">CHAPITRE SEPT</h1>

Colt tint la porte de l'hôtel ouverte pour Macie et la suivit à l'intérieur. Il avait réservé une suite du côté de la rivière pour qu'ils puissent observer les chauves-souris. La journée avait été amusante. Il ne se souvenait pas d'avoir ri autant un jour. En tant que commandant de deux équipes de la Delta Force, il n'était pas connu pour être le plus jovial des hommes, mais passer du temps avec Macie le faisait se détendre et tout simplement vivre le moment présent.

Ils étaient arrivés le vendredi soir et avaient commandé le service de chambre, comme prévu. Puis, ils s'étaient reposés et avaient regardé un film à la demande. Macie s'était endormie à la moitié et s'était réveillée brièvement quand il l'avait prise dans ses bras pour dormir.

— J'ai raté le film, avait-elle marmonné.

— Ouaip. Chuuuut, endors-toi, avait ordonné Colt et elle avait fermé immédiatement les yeux puis s'était détendue à nouveau contre lui.

Ils s'étaient réveillés tôt et étaient allés se promener autour du lac. Puis, ils avaient pris un brunch, étaient allés dans les boutiques d'antiquités qu'elle voulait voir et y avaient passé plusieurs heures. Elle avait acheté une enveloppe pleine de vieilles photographies et plusieurs autres babioles. Ils avaient trouvé un restaurant éclectique pour y déjeuner et avaient profité de l'après-midi pour flâner sur Sixth Street. Colt adorait observer ses yeux s'illuminer lorsqu'elle voyait quelque chose qui l'intéressait. Elle n'avait pas acheté grand-chose, se contentant d'apprécier l'ambiance des magasins et des vendeurs excentriques.

Ils étaient revenus à l'hôtel à temps pour voir les chauves-souris sortir de sous le pont à la rechercher d'un repas nocturne. Colt avait ri à la façon dont Macie avait couiné et clamé qu'elle était ravie qu'ils soient à l'intérieur, derrière la fenêtre, car il était impossible qu'elle apprécie être à proximité de ces animaux tandis qu'ils s'envolaient.

Le dîner avait eu lieu dans le restaurant de l'hôtel et ils étaient à présent de retour dans la chambre. Ils s'étaient tenu la main et s'étaient touchés l'un l'autre toute la journée. Colt avait même pu glisser quelques baisers ici et là.

Toute la journée avait mené à ce moment, du

moins du point de vue de Colt. On aurait dit des heures de préliminaires, ce qui était palpitant plus que frustrant. Il n'avait pas eu autant envie d'être avec une femme depuis aussi longtemps qu'il s'en souvienne. Il était sorti avec des femmes, mais après l'incident à l'étranger, il avait perdu le désir pour toute relation. Il s'était concentré sur le fait d'être le meilleur commandant possible pour protéger les hommes qui étaient sous ses ordres.

Jusqu'à ce moment-là.

Jusqu'à Macie.

— Aujourd'hui a été génial, dit doucement Macie.

Ils étaient assis sur le canapé dans la suite spacieuse, buvant chacun un verre de vin.

— Oui, ça l'a été, acquiesça Colt.

La main de Macie était posée sur la cuisse de Colt tandis qu'il la couvrait de la sienne.

Elle le fixa du regard un long moment avant de se pencher en avant et de poser son verre sur la table basse, devant eux. Puis, elle lui prit son verre et le plaça à côté du sien. Colt la regarda prendre une grande inspiration avant de parler.

— Je n'ai pas été aussi détendue depuis longtemps, et c'est grâce à toi. D'habitude, quand je suis dans une ville que je ne connais pas, je m'inquiète à propos des directions, de qui est autour de moi, et de mes projets pour toute la journée. Mais je n'ai pas eu à faire tout cela avec toi. Je te faisais confiance pour savoir où tu allais et pour trouver ce que nous ferions toute la journée. C'était agréable. J'aime être avec toi. J'ai une question et j'espère que tu seras honnête avec moi.

— Bien entendu, répondit immédiatement Colt.

— Est-ce que la différence d'âge entre nous te dérange ? Ou le fait que je sois la sœur de Ford ? Je sais que je t'ai donné du fil à retordre à propos de la nuit de son mariage. Je ne le lui avais pas dit, car je pensais que tu m'avais juste vue comme une amie ou quelque chose comme ça. Mais maintenant que les choses vont... mieux entre nous, j'ai commencé à penser au fait que j'ai dix ans de moins que toi.

— Ça ne me dérange pas le moins du monde, lui dit Colt. En fait, je n'y avais même pas pensé avant que tu n'en parles. Est-ce que cela *te* dérange ?

— Non, dit-elle immédiatement. Mais je ne veux pas que tu aies d'ennuis ou que quiconque au travail dise quoi que ce soit parce que je n'ai que trente-trois ans et que tu en as quarante-trois.

— Écoute, dit sérieusement Colt. Nous sommes deux adultes. Tu me plais et je te plais. Et je n'ai sacrément rien à foutre ce que les gens disent de nous. Et si cela *te* préoccupe, je ferai de mon mieux pour faire arrêter ces conneries quand je les entendrai. Ce qu'il se passe entre nous ne regarde *que* nous. Ce ne sont les affaires de personne d'autre. Et Truck et moi avons discuté. Il t'aime, Mace. Même si vous n'étiez pas en contact, il pensait à toi et s'est inquiété pour toi toutes ces années. J'admets qu'il n'était pas content de moi, mais il sera mécontent de *n'importe qui* étant avec toi, simplement parce que tu es sa petite sœur.

— D'accord, dit-elle.

— D'accord ? demanda-t-il.

— Oui.

— Bien.

— Alors, euh… autre chose, dit Macie.

— Tout ce que tu voudras.

— Est-ce que tu vas m'embrasser à nouveau ?

Colt sourit.

— Absolument.

Il se pencha et prit ses lèvres entre les siennes, heureux qu'ils soient seuls et qu'il n'ait pas à s'inquiéter que quelqu'un les regarde et dise quelque chose qui mettrait Macie mal à l'aise, ou qui remarquerait son sexe en érection.

Il attira Macie sur ses genoux pour qu'elle soit à califourchon sur lui, et s'efforça de s'assurer qu'elle comprenne qu'il était impliqué à cent pour cent. Qu'il se fichait de leurs âges, ou de ce que son frère pensait, ou de quiconque pouvant lui venir à l'esprit comme étant un obstacle à leur relation.

Ils avaient eu une connexion le soir du mariage de Truck et Mary, mais lorsqu'elle avait appelé, terrorisée, et qu'il avait été capable de l'aider à se concentrer et à trouver un endroit où se cacher, quelque chose de plus profond s'était passé entre eux. À un niveau plus primaire.

Elle lui appartenait. Il lui revenait de la protéger. Il lui revenait de la réconforter. Il lui revenait de la rendre heureuse. Il espérait qu'avec le temps, elle le verrait ainsi... enfin, au moins comme quelqu'un sur qui elle pouvait s'appuyer et compter. Mais le soldat en lui, l'homme, la désirait comme il n'avait jamais désiré personne auparavant.

En moins de temps qu'il ne faut pour le dire, Macie frottait son sexe contre sa verge et il lui tenait les hanches, l'aidant à remuer contre lui tandis qu'ils s'embrassaient. Les mains de Macie avaient soulevé son tee-shirt et caressaient son ventre et son torse nus. Elle n'était pas du tout hésitante et Colt adorait cela.

Il écarta ses lèvres des siennes assez longtemps pour s'assurer qu'elle était d'accord avec ce qui était en train de se passer.

— Tu es sûre ?

Il pouvait à peine prononcer les mots.

— De vouloir faire l'amour ? Oui ! S'il te plaît.

Il sourit face à sa réponse enthousiaste et grogna lorsqu'elle se pencha en avant et caressa du nez l'endroit situé entre son épaule et son cou.

— Contraception ? lâcha-t-il, souhaitant s'assurer qu'ils étaient parés à toutes les éventualités avant que les choses n'aillent trop loin.

Il ne l'avait pas vue prendre la pilule, mais cela ne

voulait pas dire qu'elle n'utilisait pas un autre type de contraception.

Elle s'immobilisa et se redressa. Colt sentait la chaleur entre ses jambes et il fantasmait à l'idée qu'ils recommencent, mais en étant tous les deux nus.

— Je... je ne prends rien, dit-elle après un instant.

— J'ai des préservatifs, la rassure-t-il immédiatement. Je suis sain et je n'ai été avec personne depuis plus d'un an, mais je vais te protéger, Macie. N'en doute pas.

— Je suis saine aussi, lui dit-elle en rougissant. Je n'ai pas couché avec Teddy alors tu n'as pas à t'inquiéter pour ça.

— Je n'étais pas inquiet, l'apaisa Colt, même si c'était un petit mensonge. Il n'était pas inquiet pour lui, mais plutôt pour elle. De toute évidence, Teddy n'était pas quelqu'un de bien, et tout ce qu'il lui avait dit sur sa vie sexuelle ne devait probablement pas être vrai, par conséquent, dans son intérêt, il était ravi qu'elle ne soit pas allée plus loin avec lui.

— Cela fait quelque chose comme quatre ans, lâcha Macie. C'est juste que... sortir avec quelqu'un est difficile quand on a de l'angoisse, et le sexe semble encore plus difficile. Alors j'ai juste arrêté les deux. J'avais un vibromasseur, alors...

Elle arrêta de parler en grimaçant et posa une main sur son visage.

— Oh, beurk. Fais comme si je n'avais rien dit.

Adorant l'idée qu'elle se masturbe, mais ne voulant pas la mettre mal à l'aise, Colt changea de sujet.

— Es-tu inquiète à propos de nous ? demanda-t-il. Car nous pouvons attendre. Nous n'avons pas à faire quoi que ce soit d'autre que ce que nous avons déjà fait. La dernière chose que je veux, c'est être la source de ton angoisse. Jamais.

Macie secoua immédiatement la tête.

— Non ! cria-t-elle presque avant que ses joues ne deviennent encore plus rouges. Je veux dire, non, ce n'est pas comme ça avec toi. C'est agréable. C'est bien. Je ne veux pas arrêter.

— Je ne veux pas arrêter non plus, la rassura Colt. Mais si tu veux ralentir à n'importe quel moment ou faire une pause, dis-le-moi. Je ne serai pas contrarié et je ne serai pas fâché.

— Je ne le ferai pas. Mais d'accord.

Il lui sourit et resserra à nouveau ses mains sur ses hanches.

— Bon... où en étions-nous ?

— Tu étais sur le point de m'emmener dans l'autre pièce pour me faire l'amour, dit Macie en souriant.

Et sur ces mots, Colt retira Macie de ses genoux et se leva. Puis il se pencha et la prit dans ses bras, un bras derrière son dos et un bras sous ses genoux, tout comme il l'avait portée dans le parking près de son immeuble. Il entra dans la chambre et la posa sur le lit king size, et se contenta de la regarder un long moment.

— Quoi ?

— Tu es belle, dit-il avec révérence.

Elle secoua la tête.

— Tu l'es, insista Colt. Tes cheveux sont d'une jolie nuance de marron qui me rappelle un pur-sang. Tes yeux sont d'un acajou profond qui détient tant de secrets, ils me donnent envie de connaître chacun d'entre eux. Tu as la taille parfaite pour moi... pas trop petite ni trop grande.

— Je suis trop grosse.

— Non, rétorqua-t-il. Tu es parfaite. Crois-moi.

Macie se mordit la lèvre et acquiesça.

Colt n'était pas sûr qu'elle le croie vraiment, mais il avait le temps pour s'assurer qu'elle sache qu'il était parfaitement honnête. Pour le moment, il allait la distraire en lui donnant du plaisir.

Il baissa la main, leva son tee-shirt et le passa au-dessus de sa tête, adorant le fait que Macie ne quitte pas son corps des yeux. Souhaitant qu'elle se sente à l'aise, il défit les boutons et la fermeture éclair de son jean et le baissa doucement le long de ses jambes. Il retira ensuite ses chaussettes, puis il se tint devant elle, ne portant que ses sous-vêtements. Un caleçon qui ne cachait pas du tout son désir pour elle. Il pouvait sentir son membre palpiter de désir pour la femme qui se trouvait devant lui.

— C'est ton tour, dit-il doucement, sans s'approcher d'elle.

Macie leva les yeux vers lui et, sans briser le contact visuel, elle défit les boutons de la blouse bleu clair un par un. Il baissa les yeux lorsqu'elle la retira et fixa du regard la beauté qu'elle lui dévoilait.

Ses seins étaient recouverts par son soutien-gorge, mais il saliva presque d'envie de les sucer. Le soutien-gorge était en dentelle et les mettait en valeur plus qu'il ne les cachait. À chaque respiration qu'elle prenait, ses seins semblaient sur le point de sortir et de déborder des bonnets.

Colt vit ses mains déboutonner prestement son jean et elle souleva ses hanches pour le baisser. Elle le retira d'un coup de pied et il remarqua à peine qu'il atterrissait en tas sur le sol, à côté du lit. Il était captivé par la vue de Macie.

Ses jambes semblaient faire des kilomètres, mais il ne pouvait pas détourner le regard du léger morceau de dentelle entre ses cuisses. Il pouvait presque sentir son excitation, et cela décuplait la sienne.

Il fit un pas vers le lit et remercia sa bonne étoile qu'elle soit à lui. Et pas juste pour cette nuit, si on lui demandait son avis. Elle *lui* appartenait. Pour toujours.

Doucement, il posa un genou sur le matelas à côté d'elle, et elle sourit tout en se mettant sur le côté pour lui donner de la place sur le matelas gigantesque. Colt n'hésita pas, il passa un genou au-dessus de son corps jusqu'à se trouver à califourchon sur elle, puis se pencha. Il plaça son poids sur ses coudes et soupira d'extase tandis que leurs corps se touchaient de leurs hanches à leurs torses. Son sexe était dur entre ses jambes, mais il n'avait pas l'intention de lui cacher sa réaction.

— Salut, dit-il lorsqu'ils furent face à face.

— Salut, répondit-elle avec un petit sourire.

Il sentit ses mains glisser le long de son corps puis s'arrêter sur son dos nu.

— Tu es prête pour ça ? Pour nous ?

— J'ai l'impression d'avoir attendu cela toute ma vie.

C'était la réponse parfaite. Colt sourit et l'embrassa. Ils s'embrassèrent pendant plusieurs minutes, caressant leurs langues l'une contre l'autre longuement et langoureusement d'un geste simple et taquin. Puis, le baiser changea. Il devint plus insistant. Il sentit les mains de Macie agripper son dos tandis que ses hanches se cambraient contre lui.

Il s'écarta de sa bouche et glissa le long de son corps. Il plaça ses doigts sur le bord des bonnets de son soutien-gorge et leva les yeux.

— Je peux ?

Macie acquiesça avec impatience.

Doucement et soigneusement, Colt baissa son soutien-gorge jusqu'à ce que ses seins en sortent. Il inhala profondément à la vue des petits tétons durs.

Elle était particulièrement généreuse au niveau de la poitrine et le fait de voir à quel point elle était excitée enclencha quelque chose en lui.

Il ne pouvait plus être doux.

Il avait tellement essayé d'être un amant attentionné et doux de façon à ne pas l'effrayer d'une quelconque manière, mais à la seconde où il vit la preuve de son excitation, il perdit le contrôle.

Sa bouche descendit sur l'un de ses tétons comme s'il détenait un élixir de vie. Colt ne le lécha pas, ne le titilla pas, mais il suça résolument son téton, le poussant jusqu'à son palais sous sa langue. Tendant la main vers son autre téton, il le pinça entre ses doigts, le rendant encore plus dur.

Elle se tortilla sous lui, cambra le dos pour mieux se presser et grogna. Fasciné par sa réactivité, Colt continua à assaillir ses seins. Il ne s'en lassait pas. Il les serra l'un contre l'autre et se déconnecta, les suçant l'un après l'autre.

— Retire-le, marmonna-t-il tout en la dévorant.

— Quoi ? demanda-t-elle, abasourdie.

— Ton soutien-gorge. Retire-le, ordonna-t-il.

— Oh !

Et sur ce, elle cambra encore plus son dos, ce dont Colt profita, et elle passa ses mains sous elle pour dégrafer les crochets.

À la seconde où elle fut libérée, il prit ses deux seins dans des paumes et les serra.

— Putain. Tellement belle.

Colt savait qu'il ne formait pas des phrases complètes, mais cela le dépassait à ce moment précis.

Il lui fallut plusieurs secondes pour qu'il réalise que Macie essayait de faire glisser son caleçon le long de ses jambes. Il voulait l'arrêter. Lui dire qu'il était prêt à partir au quart de tour et que si elle le retirait, il exploserait.

Mais ensuite, elle leva les yeux vers lui, les pupilles dilatées de désir, et dit :

— Je veux que tu sois en moi.

Ce fut suffisant. Il ne pouvait rien lui refuser. Il était fini. Si elle réalisait un jour le pouvoir qu'elle avait sur lui, il aurait de gros ennuis.

Colt roula sur le dos et baissa son caleçon le long de ses cuisses, grimaçant quand son sexe jaillit ce faisant. Il sentit un mouvement à côté de lui et se tourna vers Macie. Elle avait fait la même chose et était à présent allongée complètement nue à côté de lui, souriante.

Rapide comme l'éclair, Colt se remit en position sur elle et cette fois son sexe effleurait les boucles entre les jambes de Macie.

— Baise-moi, répéta-t-elle en levant ses hanches en signe d'invitation.

Sachant qu'il n'avait aucun contrôle et voulant s'assurer que Macie était humide et prête pour lui, Colt glissa sur son corps, déposant des baisers sur sa poitrine, ses seins, jusqu'à son nombril et plus bas.

Macie le tira contre elle.

— Colt. S'il te plaît !

— Je vais te prendre, Macie. N'en doute pas. Mais d'abord, je vais te goûter. Je vais te faire jouir avec ma bouche et mes doigts. Puis, quand tu seras épuisée et satisfaite, je vais te pénétrer et te faire l'amour. Tu ne sauras plus où tu finis et où je commence... et je te ferai jouir à nouveau. *Ensuite*, quand tu seras incohérente de plaisir, je vais te baiser. Ça te va ?

Colt ignorait d'où venaient ces mots. Il n'avait jamais été du genre à dire des trucs cochons. Il avait toujours préféré se mettre à l'œuvre et jouir. Mais il voulait chérir chaque seconde de cette première fois avec Macie. Il voulait qu'elle soit aussi folle de plaisir qu'*il* le serait sans le moindre doute.

— Euh... oui, Colt. Ça me va. Je vais juste rester allongée là et te laisser... tu sais... faire ton truc.

— Merci, dit-il en souriant.

Bon sang, elle était adorable. Puis il baissa la tête et fit son truc.

Macie trembla tandis que l'orgasme la traversait. Colt avait fait exactement ce qu'il avait dit. Il avait posé sa bouche sur elle et l'avait fait jouir. Oh, ses doigts avaient aussi été inclus, mais c'était surtout la façon dont sa langue s'était enroulée autour de son clitoris et la façon dont il avait sucé la boule de nerfs qui lui avait fait perdre la tête.

Elle n'avait jamais vraiment apprécié le sexe oral, car elle avait toujours été préoccupée par son odeur, par son goût et si l'homme allait vouloir qu'elle lui rende la pareille. Mais avec Colt, elle ne pouvait penser à rien d'autre qu'au bien-être qu'elle éprouvait avec lui.

Et pour la toute première fois, elle voulait rendre la pareille. Elle *voulait* placer sa bouche autour de son sexe. Elle avait aperçu son pénis lorsqu'il avait retiré son caleçon, et il était plutôt impressionnant.

Avant qu'elle ne puisse l'atteindre ou lui faire savoir qu'elle voulait le toucher aussi, il était à nouveau dressé sur elle. Elle adorait le sentir. Elle se sentait encerclée par lui et cela la faisait se sentir en sécurité. Aimée.

Il se mit à genoux et tendit le bras au-dessus de la table de chevet située à côté du lit pour prendre un préservatif. Elle l'observa l'étirer sur sa hampe avec des yeux avides. Elle avait eu raison. Il *était* impressionnant. Elle devait avoir émis un son guttural, car le regard de Colt se tourna à nouveau vers elle et il sourit.

— Tu en as envie ? demanda-t-il.

— Oui, dit-elle franchement.

Il empoigna son sexe d'une main, avançant doucement ses genoux, écartant davantage les jambes de

Macie. Celle-ci baissa les yeux et aperçut son gland gonflé qui appuyait contre ses plis. Elle leva les hanches, l'accueillant dans sa chaleur.

Le grognement de Colt tandis qu'il pénétrait doucement son corps chaud et humide était presque aussi satisfaisant que la sensation de l'avoir en elle. Presque.

Fermant les yeux face à la sensation, Macie cambra le dos et lança sa tête en arrière. Elle agrippa ses biceps et prit une grande inspiration par le nez. Son membre était grand et cela faisait longtemps qu'elle n'avait pas été avec un homme.

Comme s'il le comprenait, Colt se maintint complètement immobile en elle, la laissant s'habituer à lui. Elle l'entendit murmurer des mots réconfortants tandis que son corps se détendait.

— Ça va mieux ? demanda-t-il doucement.

Macie acquiesça.

Il se retira entièrement de son corps, puis la pénétra à nouveau doucement, traversant de nouveau ses plis. Puis, il le fit encore. Et encore.

On ne lui avait jamais fait l'amour ainsi. Dans le passé, les hommes s'étaient contentés de s'enfoncer en elle jusqu'à ce qu'ils jouissent.

Mais chaque fois que Colt se retirait, ses hanches le suivaient, ne souhaitant pas le perdre. Puis, il la pénétrait à nouveau et elle se sentait à nouveau entière.

Baissant les mains, elle agrippa ses fesses et

enfonça ses ongles dans la peau sensible lorsqu'il abandonna son corps de nouveau.

— Colt, lâcha-t-elle.

— Quoi ? demanda-t-il en souriant.

— Reste en moi, ordonna-t-elle.

— Tu es plus sensible comme ça, cela dit, non ? demanda-t-il.

En y réfléchissant, Macie acquiesça.

— Oui. Toutes les terminaisons nerveuses par-là prennent vie chaque fois que tu te retires entièrement avant de me pénétrer de nouveau.

— Exactement, marmonna-t-il. Pour moi aussi. Mon sexe est content et chaud, et puis froid et triste, et puis content et chaud de nouveau.

Macie gloussa et Colt grogna.

— Putain, je peux sentir tes muscles se serrer autour de mon sexe quand tu ris.

Cela la fit rire encore plus, et elle enroula ses jambes autour de ses cuisses, essayant de le maintenir en place.

— Je pensais que tu avais dit que tu allais me faire jouir doucement et tranquillement, se plaignit-elle.

— Tu es prête pour ça ? demanda-t-il. Je te donnais du temps pour t'en remettre.

— Je m'en suis remise, le rassura-t-elle.

Au lieu d'accélérer le rythme, Colt le pénétra entièrement puis se redressa, attirant les fesses de Macie sur ses cuisses. Son basin s'inclina vers le haut et elle se tenait sur ses omoplates. Elle était sur le point de lui demander ce qu'il faisait lorsque son pouce atterrit sur son clitoris et qu'il commença à le caresser, doucement et tranquillement.

Se tortillant, en désirant davantage et, d'une certaine façon, moins, Macie haleta.

— Qu'est-ce que tu fais ?

— Je te fais l'amour. Je te fais jouir sur mon sexe.

Le mouvement de son pouce était impitoyable. Peu importe à quel point elle se tortillait, elle ne pouvait pas y échapper. Son pénis était épais et dur en elle, et le corps de Macie s'appuya dessus avec force tandis qu'elle se rapprochait encore et encore du moment où elle perdrait tout contrôle.

— Bon sang, chérie. Tu me serres *tellement* fort. C'est tellement bon, bordel. Il faut que tu jouisses ou je vais perdre la tête.

Elle l'entendit à peine. Macie avait toujours pensé qu'elle avait besoin d'un contact rapide et fort sur son clitoris pour jouir, mais Colt était en train de lui prouver qu'elle avait tort. L'orgasme vint doucement, mais avec constance jusqu'à ce que Macie sache qu'elle était sur le point de perdre le contrôle. Elle écarta les jambes autant que possible tandis que ses cuisses commençaient à trembler. Son estomac se serra et elle recroquevilla ses orteils.

— C'est ça, Mace. Jouis pour moi.

Et elle le fit.

Elle pensa avoir perdu connaissance à un moment, car lorsqu'elle réalisa à nouveau où elle se trouvait, ses fesses se trouvaient à nouveau sur le matelas et Colt allongé sur elle. Il était encore en elle, plus dur que jamais.

— Je vais te baiser, maintenant, dit-il crûment. *Fort.* Tu es prête ?

Macie acquiesça. Elle était prête pour tout ce qu'il voulait lui faire. Elle lui appartenait. Complètement.

Les hanches de Colt commencèrent à bouger, effectuant des va-et-vient en elle. La sueur perla sur son front tandis qu'il luttait contre les réactions de son corps.

— Je ne vais pas durer longtemps, l'informa-t-il. Te voir jouir, entendre mon nom sortir de tes lèvres, sentir ton excitation sur mes cuisses... c'était trop. Est-ce que ça te plaît ?

Macie acquiesça.

— Touche-toi, ordonna-t-il. Fais-toi jouir à nouveau.

— Je ne peux pas, protesta-t-elle, tandis que ses hanches se soulevaient pour suivre ses va-et-vient.

— Essaye, dit-il d'une voix rauque. *S'il te plaît.* Je veux te sentir me presser jusqu'à ce que mon sperme jaillisse.

Incapable de lui refuser quoi que ce soit, Macie tendit le bras entre leurs corps et effleura son clitoris gonflé du doigt. Elle réagit par un mouvement brusque. Elle était encore tellement sensible. Même si cela lui faisait un peu de mal, elle fit ce que Colt lui demandait. Elle voulait lui faire plaisir. Elle voulait le forcer à perdre la tête avec elle.

Cela ne prit pas longtemps. En quelques minutes, Macie sentit les signes révélateurs de son orgasme imminent.

— J'y suis presque ! prévient-elle.

— Je sais, répondit-il. Vas-y ! Jouis, bordel !

Il lui fallut environ dix autres secondes et elle le fit. Quelques instants après avoir commencé à trembler et à tressaillir à cause de la béatitude intense, Colt lança sa tête en arrière et frémit. Les muscles de ses bras à côté d'elle tremblèrent du plaisir qu'il ressentait et son torse se soulevait au rythme de ses respirations. C'était impressionnant et extrêmement sexy à la fois.

Comme si une prise avait été débranchée, Colt se détendit. Il retomba et roula sur le côté, prenant Macie avec lui. Elle était allongée sur lui à présent, son sexe se ramollissant doucement en elle. Ils ne dirent rien pendant très longtemps, pas avant qu'il ne se retire.

Macie gémit en signe de protestation ; elle appréciait le sentir en elle. La façon dont ils étaient connectés.

— Je sais, murmura-t-il. J'aime aussi être en toi.

Macie savait qu'il devait se lever et s'occuper du préservatif. Il devait être désagréable, maintenant qu'ils avaient terminé, mais il ne bougea pas pour quitter le lit.

— Chaque matin, je me réveille avec une panique momentanée, pensant que tu es partie au milieu de la nuit, admit doucement Colt.

Macie se sentait terriblement mal pour cela.

— Je suis désolée.

— Ne le sois pas. Promets-moi juste que tu ne quitteras plus jamais mon lit sans me le dire. Si tu dois te lever pour aller aux toilettes au milieu de la nuit, il n'y a pas de problème, mais si tu n'arrives pas à dormir et que tu vas aller lire ou travailler, réveille-moi et préviens-moi. Je ne peux pas supporter le fait de me réveiller et de voir que tu n'es pas là, Mace. Pas après cette nuit.

— Je te le promets.

C'était une promesse facile à faire.

— Je ferai la même chose. Il est beaucoup plus probable que je sois celui qui part, dit-il. On nous appelle à la base au milieu de la nuit pour des missions, parfois, et je dois toujours y aller et surveiller mes hommes, mais je ne partirai jamais sans te dire au revoir. Je te le jure.

— Merci.

Macie ne pouvait rien dire d'autre à cause du nœud qu'elle avait dans la gorge.

Puis, Colt roula à nouveau et l'embrassa. Ce fut un baiser long et lent qui était confortable et décontracté.

Elle était exténuée après ses trois orgasmes et était sur le point de s'endormir lorsqu'il s'écarta.

Il baissa les yeux vers elle en souriant puis l'embrassa sur le front.

— Dors, chérie. Je reviens dès que je me serai occupé de ce préservatif.

Macie regarda Colt descendre du lit et se diriger nu vers la salle de bains. Il ne semblait pas du tout gêné par le fait de ne porter aucun vêtement. Pourquoi le serait-il ? Pour un homme de quarante-trois ans, il était en excellente forme. Il n'avait plus vraiment d'abdominaux, mais ses muscles étaient clairement dessinés et ses fesses à tomber.

Se souriant à elle-même, Macie ferma les yeux. Elle sentit bientôt le matelas s'abaisser et Colt la prit dans ses bras. Il les recouvrit avec la couverture et embrassa sa tempe. C'était la dernière chose dont Macie se souvenait avant d'avoir sombré dans l'un des sommeils les plus agréables qu'elle ait eus depuis longtemps.

CHAPITRE HUIT

— Donc vous êtes en train de me dire que vous n'arrivez pas à retrouver son ex ni la trace de ses associés, qui étaient probablement ceux qui se sont introduits chez elle pas une fois, mais deux ?

Macie grimaça face au ton critique de Colt. Ils étaient allés à Lampasas pour prendre d'autres vêtements chez elle et s'étaient arrêtés au poste de police pour parler au détective.

— Ce n'est pas aussi simple que ce que les émissions de télévision le font paraître essaya de se défendre l'homme.

Colt et le détective se défièrent du regard et Macie changea de position, mal à l'aise. Elle détestait être la cause d'un conflit. Elle ne connaissait pas vraiment le détective, mais cela faisait un mois qu'il essayait de trouver Teddy.

Il était difficile de croire qu'un mois entier s'était écoulé depuis qu'elle avait appelé son frère à l'aide. Un mois depuis qu'elle avait emménagé chez Colt. Le mois le plus heureux de sa vie.

Oh, son angoisse l'avait submergée plus d'une fois, mais, d'une manière ou d'une autre, avec Colt à ses côtés, les choses semblaient plus faciles. Moins stressantes. Lorsqu'elle allait faire les courses, elle se demandait moins si les gens la regardaient. Elle allait manger à l'extérieur, car elle pouvait s'asseoir à côté de Colt et si quelque chose n'allait pas avec la nourriture ou le service, il s'en occupait. Et lorsqu'elle avait eu une grave crise d'angoisse quand l'un de ses clients avait détesté le site internet qu'elle avait passé des jours à concevoir, Colt était là pour lui caresser le dos et la rassurer quant au fait que toute sa carrière n'était pas terminée.

Il était agréable d'avoir quelqu'un dans son camp.

Non, c'était plus qu'agréable. C'était un miracle.

Et Macie était morte de peur tous les jours à l'idée qu'elle pourrait faire ou dire quelque chose qui pourrait tout gâcher entre eux, et ensuite, elle serait seule de nouveau. Elle devrait retourner chez elle à Lampasas et se préoccuper du fait que les hommes qui s'étaient introduits chez elle n'avaient pas encore été arrêtés.

Après avoir fixé le détective du regard pendant une minute, Colt dit enfin :

— Vous avez mes coordonnées si vous les trouvez.

— Je me mettrai en contact avec Mercedes, étant donné que c'est son affaire, dit fermement le détective.

Macie vit la mâchoire de Colt se serrer.

Elle *détestait* les confrontations. C'était l'une des choses qui pouvaient facilement lui provoquer une nouvelle crise d'angoisse de pleine puissance.

— Merci, lâcha-t-elle en tirant sur le bras de Colt. Je vous en serais reconnaissante. Je suis sûre que vous faites tout votre possible pour les trouver.

Colt ouvrit la bouche comme s'il voulait dire quelque chose, mais de toute évidence, après l'avoir regardée, il changea d'avis. Il adressa un hochement de tête au détective et enroula un bras autour de la taille de Macie, l'emmenant vers la sortie.

À la seconde où ils furent hors de portée du détective, il se pencha et demanda :

— Tu vas bien ?

Macie acquiesça. Elle sentait son cœur battre trop vite, mais elle prit quelques grandes inspirations pour essayer de le contrôler.

Colt lui tint la porte et la paume de sa main dans le bas de son dos était agréable. Réconfortante. Son contact lui rappelait la façon dont ils avaient fait l'amour la veille. Elle était à genoux sur son lit et il l'avait prise par-derrière. Ses mains avaient caressé le bas de son dos, tout comme il le faisait à présent.

La simple pensée de Colt en train de lui faire

l'amour était suffisante pour aider Macie à sortir de sa spirale descendante. C'était un amant incroyablement généreux, s'assurant toujours qu'elle obtienne autant de plaisir que lui pendant leurs ébats.

Une fois que Colt l'eut installée dans sa Wrangler et qu'il se soit mis derrière le volant, il se tourna vers elle.

— Je vais voir ce que mon équipe peut faire pour trouver ce type.

Macie sourcilla. Elle s'était perdue dans ses pensées à propos de Colt et elle, nus ensemble au lit, et son esprit était de toute évidence complètement autre part.

— Tu vas impliquer Ford et ses amis ?

Elle n'était pas sûre de vouloir que ce soit le cas. Macie ne doutait pas un instant que son frère pourrait retrouver la trace de Teddy, mais elle n'était pas sûre qu'il puisse se contrôler assez longtemps pour lui soutirer des informations. Ford était *énervé*. Extrêmement énervé par le fait que Teddy l'avait de toute évidence prise pour une cible facile. Pour quelqu'un qu'il pouvait utiliser pour cacher de la drogue ou quoi que ce soit d'autre qu'il ait dissimulé dans son appartement.

— Non, pas Truck. Il perdrait le contrôle de lui-même et ferait quelque chose aide stupide, ce qui pourrait endommager sa carrière. Je parle de l'autre équipe Delta que je commande.

Macie acquiesça en signe d'approbation. Elle ne connaissait pas les hommes dont il parlait, mais elle avait entendu parler d'eux.

— Étant donné que Trigger et son équipe n'ont aucun lien avec toi, ce sera plus facile pour eux d'enquêter là-dessus. Je vais lui parler ce soir. Je vais lui dire de demander à Brain ce qu'il peut trouver.

— Pourquoi Brain ? demanda Macie.

— Car Brain est un salaud sournois et la personne la plus intelligente que je connaisse. Ce type aurait pu être neurochirurgien ou physicien nucléaire, pourtant il a préféré entrer dans l'armée. Il sera capable d'utiliser une technologie que la police n'a pas pour voir si Teddy est encore dans la région, et les autres pourront utiliser ces informations pour retrouver sa trace.

Macie se mordit la lèvre et fixa Colt des yeux.

— Quoi ? demanda-t-il en tendant le bras et en caressant sa lèvre du pouce.

— Je... Je ne veux pas que quiconque ait des ennuis. Et encore moins toi et tes hommes. Peut-être que si personne n'est retourné chez moi depuis la deuxième intrusion et que le détective ne peut pas trouver Teddy, c'est qu'il a quitté la ville.

— Peut-être, dit Colt. Mais je ne vais pas prendre le risque qu'il fasse juste profil bas, attendant le moment idéal pour s'en prendre à nouveau à toi. Nous ne savons toujours pas ce qu'il cherchait. Peut-être que ces brutes ont bien trouvé ce qu'ils voulaient quand ils ont fouillé ton appartement la deuxième fois, mais nous n'en sommes pas sûrs. Et avant d'être complètement certain que tu es en sécurité, je ne prendrai aucun risque.

La poitrine de Macie se serra, mais cette fois, ce ne fut pas parce qu'elle était sur le point de paniquer. Personne au cours de sa vie ne s'était donné autant de mal pour s'occuper d'elle comme Colt le faisait. Bien sûr, Ford avait fait de son mieux pour prendre soin d'elle lorsqu'ils avaient été enfants, mais c'était différent. Et curieusement, savoir ce que Colt avait fait pour aller chercher son ami Gris, avec quelle violence il l'avait défendu, lui donnait confiance en sa capacité à la maintenir en sécurité.

— Peut-être que nous devrions retourner chez moi pour tout fouiller de nouveau ? suggéra Macie.

Colt secoua la tête.

— Non. Pas aujourd'hui. Tu en as eu assez et si nous n'avons rien trouvé la première fois que nous avons cherché, nous ne trouverons probablement rien la deuxième fois.

— Est-ce que tu penses que Teddy sait où je suis allée vivre ? demanda doucement Macie.

Cela faisait un moment qu'elle était inquiète à ce sujet, ce qui était la raison pour laquelle elle était plus que ravie de rester à la maison quand Colt allait travailler tous les jours. Il avait un système de sécurité et cela rendait les choses plus faciles pour son esprit.

Colt la regarda un long moment avant de finalement hocher la tête.

— Oui, chérie. Je pense que c'est possible. S'il est
malin – et je pense qu'il l'est, car il a réussi à échapper
à la police pendant si longtemps –, il a probablement
demandé à quelqu'un de surveiller ton appartement,
et quand Truck et les autres y sont allés pour prendre
tes affaires ou vérifier certaines choses, il aurait pu
faire en sorte que quelqu'un les suive jusqu'à Killeen.

Macie se mordit la lèvre à nouveau. Puis elle
demanda :

— Est-ce que je suis en train de te mettre en
danger ?

À ces mots, Colt se pencha et mit sa main sur sa
nuque, l'approchant de lui. Macie posa la main sur la
console située entre eux, mais n'essaya pas de s'écarter.

— Je peux me charger de ce voyou de Teddy. Brain
m'a obtenu son casier judiciaire, et crois-moi, il ne me
fait pas peur.

— Mais...

— Il n'y a pas de « mais », dit fermement Colt, l'interrompant avant qu'elle ne puisse commencer à
protester.

Il l'embrassa brièvement puis recula pour la
regarder dans les yeux.

— Ça me plaît que tu sois chez moi. Dans mon lit.
Ça me plaît de voir ton ordinateur et tes dossiers sur la
table de la salle à manger. *Tu* me plais, tout simple-

ment, Macie. Ce n'est pas une difficulté pour moi. Si cela ne tenait qu'à moi, tu resterais même une fois que tout cela sera terminé. Alors si tu penses que je vais laisser ce voyou de Theodore Dorentes te faire du mal, tu es folle.

Elle aimait tout ce qu'il venait de dire, mais une chose en particulier se démarquait.

— Tu veux que je reste ?

— Oui, Mace. Je veux que tu restes, confirma-t-il.

Elle *devrait* lui dire qu'il était fou. Et qu'elle avait bien trop de problèmes pour être un bon parti. Qu'il l'avait aidée à se sentir plus normale dernièrement, mais que son angoisse serait toujours un problème. Qu'en tant que colonel, il avait besoin d'une partenaire qui était extravertie et sociable, ce qu'elle ne serait jamais. Qu'elle doutait toujours des motivations des gens, pour quoi que ce soit !

Mais elle resta silencieuse. Elle désirait Colt plus que tout ce qu'elle avait pu désirer au cours de sa vie, et s'il ne comprenait pas à quel point elle était amochée, elle ne le lui dirait pas.

— Tu me plais exactement comme tu es, ajouta-t-il après un moment, comme s'il pouvait lire ses pensées. Il y aura toujours des gens qui ne nous comprendront pas, mais tant que ce que nous avons lorsque nous sommes ensemble nous convient, qu'ils aillent se faire foutre.

Elle aurait souhaité avoir autant confiance en elle

que Colt, mais elle lui adressa quand même un léger hochement de tête. Il se pencha en avant et l'embrassa à nouveau.

— Tu es prête à rentrer à la maison ?

À la maison. Oui, elle pourrait bien s'habituer à ça.

— Oui, dit-elle simplement.

Même si la journée avait été étrange et que Macie devrait être bloquée dans sa propre tête à essayer de gérer ses propres insécurités, ce n'était pas le cas. Elle sourit durant tout le trajet de retour à Killeen.

* * *

Colt était assis dans son bureau, les mains jointes sous le menton tandis qu'il regardait les sept hommes de la seconde équipe de la Delta Force assis en face de lui. Il avait demandé à parler à Trigger et lui avait dit pourquoi, et immédiatement après, toute l'équipe était là.

— Avec tout le respect que je vous dois, lui avait dit Grover, si quelqu'un menace la femme de notre commandant, c'est notre problème à *tous*, pas juste celui de Trigger.

Colt ne pouvait pas se fâcher contre ses hommes pour cela. D'autre part, plus il y aurait d'hommes en train de protéger Macie, mieux ce serait, d'après lui. Il avait donc exposé les grandes lignes de ce qui s'était passé dans son immeuble et de qui était Teddy. Il expliqua que Macie vivait chez lui et qu'avec un peu de chance, elle y emménagerait bientôt définitivement, s'il parvenait à la convaincre. Il parla à ses hommes du fait que la police de Lampasas n'était pas capable de trouver ni Teddy ni les hommes qui s'étaient introduits dans l'appartement de Macie, et il aborda finalement les angoisses contre lesquelles Macie luttait au quotidien.

Comme les bons hommes qu'il savait qu'ils étaient, pas un seul d'entre eux ne sembla gêné par cette dernière révélation. En fait, Trigger demanda :

— C'est ce qu'il s'est passé à la réception, pas vrai ?

— Oui, dit Colt.

Lefty hocha la tête.

— Brain avait remarqué qu'elle ne semblait pas aller bien et il allait s'en occuper quand vous l'avez devancé.

Colt se tourna vers Brain et regarda le jeune homme.

Brain sourit et leva les mains dans un geste de conciliation.

— Je savais que c'était la sœur de Truck et je voulais juste m'assurer qu'elle allait bien. C'est tout.

Colt hocha la tête et essaya de se calmer. Brain n'avait pas l'intention de draguer Macie. Il se montrait poli, rien de plus.

— Oui, dit-il, répondant à la question de Trigger. Le mariage et la réception furent difficiles pour elle. Les événements sociaux le sont de manière générale, alors je l'ai emmenée chez moi et je me suis assurée qu'elle allait bien.

Tous les hommes hochèrent la tête.

— Alors quel est le plan ? demanda Oz.

— Brain, je voudrais que tu voies ce que tu peux faire pour trouver Teddy. Découvre où il aime traîner, qui est son dealer et qui sont ses amis.

— Doc et Grover, si vous pouvez surveiller son appartement quand vous en avez la possibilité, et voir si vous remarquez qui que ce soit rôdant aux alentours, j'en serais reconnaissant. Nous ne savons pas qui sont les connards qui se sont introduits chez elle et qui l'ont menacée, et je n'aime pas le fait qu'ils soient encore en liberté quelque part. Lucky et Oz, j'aimerais que vous surveilliez mon quartier. Il n'y a aucune preuve indiquant que Teddy ou ses amis soient allés à Killeen, mais je ne veux pas prendre de risque. Nous ne savons pas ce que cherchait Teddy, il pourrait donc décider de s'en prendre directement à Macie.

— Et nous, monsieur ? demanda Trigger en se référant à Lefty et à lui-même.

— Je veux que vous veniez à la maison quand nous partirons d'ici et que vous me permettiez de vous la présenter.

— Monsieur ? demanda Lefty.

— Je vous ai dit qu'elle souffrait d'angoisse. Elle finira par devoir tous vous rencontrer. Elle doit apprendre à être à l'aise avec vous. Elle est déjà à l'aise avec Truck et son équipe, principalement parce qu'il est son frère. Mais je veux qu'elle vous connaisse tous aussi. Si les choses se passent comme je le désire, elle sera dans les parages pendant longtemps et la dernière chose que je veux, c'est qu'elle se sente angoissée à l'idée de voir l'un d'entre vous. Je vais avoir besoin de votre aide dans les contextes sociaux pour qu'elle garde son calme. Je ne pourrai pas être à ses côtés tout le temps, et si elle vous connaît, bande de dépravés, nous pourrons tous les deux nous détendre.

— Ça marche, dit immédiatement Trigger.

— Ce n'est pas comme si j'avais quelque chose à faire, ajouta Lefty. J'adorerais la rencontrer.

— Et nous autres ? dit Grover avec un sourire narquois. Je veux rencontrer la femme qui mène notre commandant par le bout du nez.

Colt se leva, se pencha sur son bureau et lança un regard noir à son soldat.

— Je ne te le fais pas dire, c'est bien le cas, dit-il d'une voix grave. Et je ferai tout ce qu'il faudra pour la protéger. Souviens-t'en soldat.

Grover hocha immédiatement la tête.

— Bien entendu, monsieur. Je ne voulais rien dire par là.

Colt essaya de maintenir son humeur sous contrôle. Il savait que Groover n'avait pas voulu être irrespectueux, mais son commentaire l'avait pris à rebrousse-poil.

— Elle est incroyablement intelligente, dit-il à ses hommes. Belle. Ingénieuse. Et sa vie a été un enfer. Elle est sensible à ce que les gens disent. Elle part du principe qu'ils parlent d'elle, même quand ce n'est pas le cas. Faites attention à ce qui vous sort de la bouche et soyez toujours respectueux. Compris ?

Un « oui, monsieur » prononcé en chœur résonna dans la pièce.

— Bien, dit Colt en hochant la tête. Si vous avez des inquiétudes à propos de quoi que ce soit, vous m'appelez en premier et ensuite la police. Je ne m'attends pas à ce que vous risquiez votre vie pour la protéger, ce serait aller un peu loin, mais je m'attends à ce que vous fassiez attention à elle comme vous le feriez pour les femmes de chacun de vous.

— Monsieur, dit Trigger, vous n'avez pas besoin de nous le dire. Nous avons beau ne pas être mariés comme tous les membres de l'équipe de Ghost, cela ne veut pas dire que nous ne respectons pas leurs femmes, et que nous ne voulons pas en avoir un jour. Il est évident que Macie est importante pour vous et par conséquent, qu'elle est importante pour nous aussi. Elle fait autant partie de cette équipe que vous. Vous pouvez compter sur nous pour faire tout ce qu'il faut afin de nous assurer qu'elle est en sécurité.

Colt se détendit davantage. Il ne s'était pas rendu compte qu'il désirait et avait besoin de leur soutien à ce point.

— Merci. Vous pouvez partir.

L'équipe sortit et Colt prit une grande inspiration.

Il avait un mauvais pressentiment à propos de toute la situation. Trop de temps s'était écoulé depuis l'intrusion dans l'appartement de Macie. Les hommes comme son ex n'avaient pas beaucoup de patience... alors pourquoi n'avait-il pas encore tenté quelque chose ? Sa colère pouvait s'accroître et s'envenimer avec chaque jour qui passait. La situation mettait Colt mal à l'aise et s'il le pouvait, il emmènerait Macie au travail avec lui tous les jours, juste pour s'assurer qu'elle était en sécurité.

La seule chose qui lui permettait de ne pas perdre la tête était le fait que Macie n'était pas le genre de femme à prendre des risques. C'était une chose rare et deux choses qu'il adorait chez elle. Il faisait face à assez de risques et de danger dans son travail. Savoir qu'elle n'avait pas l'intention de sortir de la maison quand il était au travail le faisait se sentir mieux à propos de cette situation.

Il ne lui avait pas ordonné de ne pas le faire. Il ne lui avait pas parlé de ses soupçons à propos de son ex. Elle avait d'ailleurs abordé le sujet une nuit, alors qu'ils étaient au lit ensemble, satisfaits et détendus après avoir fait l'amour. Elle lui avait dit qu'elle se sentait plus en sécurité terrée chez lui lorsqu'il était au travail, car Teddy n'avait toujours pas été retrouvé. Elle s'était portée volontaire pour rester en sécurité derrière les portes fermées à clé pendant la journée et ne sortait que quand il était avec elle.

Il détestait le fait qu'elle se sente ainsi, mais il n'avait pas discuté. Avec un peu de chance, une fois qu'ils auraient localisé Teddy et qu'ils se seraient occupés de son cas, il pourrait travailler avec elle pour qu'elle prenne davantage confiance pour sortir seule.

Prenant une grande inspiration, le Colonel Robinson retourna au travail.

Plus tard ce soir-là, après s'être assuré que Macie allait bien, il lui dit que Trigger et Lefty passeraient. Elle sembla incertaine, mais hocha la tête.

— Ce sont mes hommes, lui dit Colt. Penses-tu que je les laisserais entrer dans ta vie si je pensais qu'ils diraient ou feraient quoi que ce soit qui pourrait te provoquer une once d'angoisse mentale ?

— Eh bien, non, mais... cela ne veut pas dire que je ne suis pas nerveuse à l'idée de les rencontrer.

— Chérie, chacun de mes hommes ferait exactement ce que j'ai fait au cours de toutes ces années si quelque chose m'arrivait. Si j'étais capturé par les talibans, j'ai la conviction la plus intime qu'ils remueraient ciel et terre pour me libérer... tout comme je le ferais pour eux. Mais c'est plus que ça. Tout comme ton frère ferait tout ce qu'il faut pour te maintenir en sécurité, je ferais la même chose pour lui. Et pour Mary. Et pour Ghost et Rayne, ou Casey, ou Beatle... ou n'importe quel autre d'entre eux et leurs femmes et enfants. Le lien qui nous unit est plus profond qu'un simple lien entre soldat et commandant. C'est à cause de ce que nous faisons. De la façon dont nous comptons les uns sur les autres dans les situations les plus intenses de nos vies.

Ils étaient debout dans la cuisine, Colt tendit les bras et attira Macie dans son étreinte jusqu'à ce qu'ils soient collés l'un à l'autre des cuisses jusqu'à la poitrine. Il posa une main sur le bas de son dos et enfouit l'autre dans ses cheveux, au niveau de son cou. Il posa son front sur le sien et poursuivit.

— Je t'aime, Macie. C'est effrayant à quel point. Maintenant que je connais la vie avec toi, je ne veux plus qu'il en soit autrement. Maintenant que je sais ce que je ressens quand je rentre à la maison te retrouver après le travail, je ne veux plus jamais revenir dans une maison vide. Maintenant que j'ai été assez chanceux pour te tenir dans mes bras chaque nuit pendant un mois, je ne peux pas continuer sans toi. Et maintenant que j'ai été en toi, que je t'ai sentie jouir sur mon sexe, je ne peux pas m'imaginer être intime avec une autre femme pour le restant de ma vie. Tu es celle qu'il me faut. Je suis à ta merci. Mes hommes le savent, et ils feront tout ce qu'il faudra pour te protéger parce que tu fais partie de moi.

À ces mots, Macie pleura. Elle n'émettait pas un son, mais les larmes coulaient le long de ses joues.

— Tu n'as *pas* à être nerveuse à l'idée de rencontrer Trigger et Lefty. Ni Oz, Doc, Brain, Grover ou Lucky. Ils te traiteront avec respect. Ils vont t'aimer. Ils seront tes frères pour tous les aspects importants. Ils te couvriront de toutes les manières possibles. Tu peux leur faire confiance pour être là pour toi quand tu auras besoin d'eux, peu importe de quoi il s'agit. Un jour, quand ils les auront trouvées, leurs femmes seront aussi tes amies. Je ne sais pas ce qui les attend, qui ils trouveront pour les compléter, mais je sais que ces femmes sont quelque part et les attendent. Et elles t'aimeront autant que je t'aime. Veux-tu savoir comment je le sais ?

Elle ne répondit pas verbalement, mais leva ses beaux yeux marron remplis de larmes vers lui et acquiesça.

— Parce que tu es toi, dit Colt. Tu es attentionnée, gentille, compatissante, pragmatique et tellement sympathique qu'il est difficile pour moi de comprendre comment tu peux ne pas le voir toi-même.

— Je t'aime aussi, dit-elle doucement, et Colt ferma les yeux, submergé par l'émotion. Il savait à quel point il était difficile pour elle de le dire, et il jura à ce moment précis de ne jamais le prendre pour acquis.

Il ouvrit à nouveau les yeux.

— Je suis l'homme le plus chanceux du monde, lui

dit-il avant d'utiliser ses pouces pour essuyer les larmes sur les joues de Macie.

Puis, il se pencha et l'embrassa. C'était un baiser lent qui commença par être tendre et doux, mais, quand il s'écarta, son sexe était dur et elle se pressait contre lui avec passion.

— J'ai beau avoir envie de te soulever sur le plan de travail, de baisser ton jean et d'enfouir mon visage dans ton sexe délicieux, je n'ai pas le temps. Trigger et Lefty vont arriver d'un moment à l'autre.

— On remet ça à plus tard ? demanda-t-elle en souriant légèrement.

Colt lui adressa un grand sourire.

— Compte là-dessus. Veux-tu aller te rafraîchir avant qu'ils n'arrivent ?

Elle acquiesça, mais ne s'écarta pas de lui.

— Colt ?

— Oui, chérie ?

— Je n'imagine pas ma vie sans toi non plus.

Il ne put pas s'empêcher de l'embrasser à nouveau. Après plusieurs instants, il s'obligea à arrêter de la toucher et fit un pas en arrière.

— Allez, monte.

Elle gloussa, hocha la tête, se retourna et se dirigea vers les escaliers.

Colt ne la quitta pas des yeux. Il resta sur place longtemps après qu'elle eut disparu de sa vue, se demandant comment il pouvait être aussi chanceux.

CHAPITRE NEUF

Une semaine plus tard, Macie était assise à la table de la salle à manger de Colt, travaillant sur son ordinateur. Au cours des sept derniers jours, elle n'avait pas seulement rencontré Trigger et Lefty, mais aussi les autres hommes de la seconde équipe de la Delta Force de Colt.

Ils lui rappelaient son frère de bien des façons. Ils étaient amusants et polis, mais une partie d'eux lui rappelait qu'ils étaient également mortels.

La plupart des hommes avaient environ son âge. Ils avaient des tailles et des caractéristiques physiques variées, mais chacun d'entre eux avait un regard intense qui l'aurait rendue nerveuse si Colt n'avait pas été à ses côtés. Quand ils étaient partis de la maison, après leurs visites, elle avait été à l'aise avec chacun d'entre eux. Elle pouvait tout à fait comprendre le dévouement de Colt à leur égard, et celle qu'ils avaient envers leur officier commandant en retour.

Pour Macie, il était étrange de voir Colt en tant que commandant. Pour elle, il n'était que Colt, mais il était évident qu'il inspirait beaucoup de respect à ses hommes.

Entendant un bruit provenant de son ordinateur indiquant qu'elle avait reçu un nouvel e-mail, Macie ouvrit le programme et lut le message bouleversé de la part de l'une de ses anciennes clientes. D'une manière ou d'une autre, son site internet était revenu à des données qui dataient de deux ans auparavant et tout était obsolète.

— Merde, marmonna Macie, et elle se mit au travail pour essayer de découvrir quel était le problème.

Après trente minutes, elle s'appuya contre le dossier de sa chaise en signe de défaite. Il y avait eu une mise à jour de la plateforme que l'auteur utilisait, mais personne n'avait effectué de copie de sécurité des données de son site depuis que Macie avait fait le travail, deux ans auparavant. Macie était presque sûre de pouvoir arranger cela, mais le code qu'elle avait écrit à l'époque était sur un ancien disque dur, dans son appartement à Lampasas.

Elle répondit rapidement à l'auteur, lui disant qu'elle était disposée à travailler sur l'urgence et lui indiquant quel en serait le coût. Macie avait beau ne pas être douée pour les interactions sociales face à face, s'inquiétant toujours de ce que les gens pensaient ou disaient à son sujet, elle avait appris au cours des années qu'elle ne devait pas tourner autour du pot en ce qui concernait l'argent.

Ses clients appréciaient de savoir immédiatement combien elle allait les facturer, et Macie était heureuse d'être payée en temps et en heure.

L'auteure répondit immédiatement, acceptant le prix de l'aide de Macie, mais insista pour que le travail soit réalisé aussi vite que possible. Elle ne pouvait pas attendre, car son nouveau livre allait sortir deux jours plus tard. Il s'agissait du troisième tome d'une nouvelle série, et sur le site internet tel qu'il apparaissait à ce moment-là, les deux premiers ouvrages n'étaient même pas affichés. Elle avait besoin que son site internet soit arrangé.

C'était un petit désastre et Macie ne pouvait pas en vouloir à l'auteure pour être hors d'elle. Elle se mordit l'ongle du pouce et réfléchit aux options qu'elle avait. Elle pouvait à nouveau coder le site internet de zéro, mais cela prendrait une éternité et serait bien plus cher. Si elle pouvait aller chercher le travail qu'elle avait déjà réalisé dans son appartement, il y avait une chance pour qu'elle puisse remettre le site en état de marche avant la nuit.

Mais la *dernière* chose qu'elle ferait serait d'aller en voiture toute seule jusqu'à Lampasas. Elle n'était pas stupide. Pas quand ni Colt, ni son équipe, ni la police n'avaient retrouvé Teddy.

Macie sentit sa poitrine se serrer tandis qu'elle réfléchissait à ce qu'elle devrait faire. Elle pouvait simplement dire à l'auteure qu'elle devait attendre, mais cela ne serait pas bon pour sa réputation. L'auteure pourrait retourner sa veste et dire du mal d'elle à d'autres personnes, et elle pourrait être évincée de la profession. Macie savait que Colt était occupé ce jour-là. Il lui avait dit qu'il avait des réunions avec d'autres officiers de haut rang à la base militaire. Ils organisaient une nouvelle mission pour Ford et son équipe, et la dernière chose que Macie souhaitait c'était de demander à Colt de tout laisser tomber pour quelque chose qui n'était pas urgent.

Enfin, c'était une urgence pour l'auteure, mais elle ne pensait pas que cela comptait vraiment quand on le comparait au fait de s'assurer que son frère serait en sécurité lorsqu'il serait envoyé hors du pays pour une mission confidentielle.

Macie pensa à Trigger et aux autres membres de son équipe. Trigger s'était assuré qu'elle comprenne qu'elle pouvait le contacter à tout moment, et il avait ajouté ses coordonnées dans son téléphone.

Se mordant la lèvre, Macie décida d'attendre que Colt rentre. Il irait à son appartement avec elle afin de prendre le disque dur dont elle avait besoin. Elle pourrait tout simplement rester éveillée tard cette nuit-là pour mettre à jour le site internet. Ce ne serait pas la première fois qu'elle perdrait le sommeil pour le travail.

Mais un autre e-mail arriva de la part de l'auteure. Elle avait une newsletter qui était censée être envoyée ce soir-là, celle-ci contenait un lien vers son site internet pour que les gens commandent le nouveau livre à l'avance, sa responsable des relations publiques était en vacances et ne pouvait donc pas modifier l'e-mail avant qu'il soit transmis à des dizaines de milliers de lecteurs.

La pression monta dans la poitrine de Macie. Elle avait besoin d'avoir ce code ce soir. Dès que possible.

Sans trop réfléchir à ce qu'elle faisait, Macie prit son téléphone et appuya sur le nom de Trigger.

— Allô ?

— Salut. Euh... Trigger ?

— Macie ? Qu'est-ce qui ne va pas ? Est-ce que tu vas bien ? Où es-tu ?

— Je vais bien, le rassura-t-elle rapidement. Je suis à la maison... euh... chez Colt. Je... euh... quelque chose est arrivé et je sais que Colt est occupé. Ford aussi. Je ne demanderais pas, mais c'est important. Ses mots manquaient de naturel, mais Macie était fière d'avoir réussi à les prononcer.

— Tu vas bien ? Tu n'es pas blessée ? demanda Trigger.

— Non. Je vais bien.

Elle l'entendit soupirer de soulagement.

— D'accord. Alors que se passe-t-il ? Qu'est-ce que je peux faire pour t'aider ?

— Si tu ne peux pas, je le comprends parfaitement. Je veux dire, tu es probablement au travail et ce n'est pas comme si tu pouvais partir quand tu veux. Est-ce que ce n'est pas ce qu'on appelle abandonner son poste ? Déserter ? Je ne veux pas que tu aies des ennuis...

— Macie. De quoi as-tu besoin ? demanda Trigger, une trace d'exaspération dans la voix.

Macie ferma les yeux et lâcha :

— J'ai besoin d'aller chercher quelque chose dans mon appartement. Je ne veux pas y aller seule et Colt et Ford sont occupés. Il ne me faudra que deux secondes pour entrer et le prendre.

— De quoi as-tu besoin ? Est-ce que je peux passer prendre quelque chose sur le chemin pour aller chez Colt ? demanda Trigger.

C'était gentil, mais malheureusement, inutile. Elle expliqua rapidement la situation et finit en lui disant : « Cela me ferait gagner des heures de travail et des centaines de dollars à ma cliente si je pouvais récupérer ce disque dur et utiliser ce que j'ai déjà fait.

Trigger resta silencieux tellement longtemps que Macie n'était pas sûre qu'il soit encore en ligne.

— Trigger ?

— Je suppose que tu ne me laisseras pas aller à Lampasas et le récupérer pour toi ? demanda-t-il.

Macie soupira.

— Je le ferais, mais je ne sais franchement pas où se trouve le disque dur. Je sais que j'ai mis quelques affaires dans le placard de l'entrée, mais comme la police est venue et a fouillé pour essayer de trouver ce qui avait été dérangé, en plus de ces hommes qui ont tout retourné, il pourrait être n'importe où maintenant. Je ne suis pas sûre que tu seras capable de le trouver, en particulier parce que je ne me souviens pas exactement où il était à la base.

— Je me mets en route. Ne sors *pas* de la maison avant que j'arrive, ordonna Trigger.

— Bien sûr que non.

— Je serai là dans dix minutes ou moins.

Et sur ces mots, il raccrocha.

Macie soupira et raccrocha son téléphone. Devoir aller chez elle ne lui plaisait pas. Cet endroit lui donnait la chair de poule à présent, mais elle avait vraiment besoin de ces vieux dossiers.

Macie s'écarta de la table et se leva, puis s'immobilisa tandis que quelque chose lui venait à l'esprit.

Si elle emménageait définitivement avec Colt, elle n'aurait plus à s'inquiéter d'avoir besoin de choses qui pourraient encore être chez elle.

À la seconde où cette pensée lui traversa l'esprit, elle réalisa à quel point elle le désirait.

Les choses entre Colt et elle allaient vite, mais elle ne pouvait pas nier qu'il y avait eu quelque chose entre eux au mariage de son frère. Il aurait été impossible qu'elle passe la nuit avec lui si elle ne l'avait pas senti. Et elle n'aurait pas eu le courage de lui laisser son numéro non plus. Peu importe qu'il ne l'ait pas vu ; le fait que l'étincelle soit encore là un mois plus tard était suffisant pour que Macie se rende compte qu'il était différent de tous les autres hommes qu'elle avait rencontrés jusque-là.

Puis, ses épaules s'avachirent.

Elle ne lui en parlerait jamais. Pas question. Elle n'était pas assez courageuse. Elle ne s'imposerait jamais à lui. Elle sentait constamment un conflit dans sa tête disant que les choses n'étaient pas comme elle les imaginait. Et cela la tuerait si elle lui parlait de déménager ses affaires chez lui et que Colt s'y opposait.

Prenant une grande inspiration, Macie fit de son mieux pour mettre un terme au cheminement de sa pensée avant qu'il n'aille plus loin. Elle savait qu'elle n'était pas le meilleur parti en tant que partenaire. Elle prendrait plus qu'elle ne pouvait donner. Mais Colt lui avait dit qu'il l'aimait et elle le lui avait dit aussi, et la Terre n'avait pas cessé de tourner.

Elle se précipita à l'étage, enfila un jean et un soutien-gorge avant de redescendre et de ranger son espace de travail. Alors même que l'attente allait la rendre folle, elle entendit quelqu'un frapper à la porte. Regardant par le judas et s'assurant qu'il s'agissait de Trigger, elle ouvrit la porte.

— Je suis prête, lui dit-elle.

Trigger était séduisant. D'après elle, il était environ deux ans plus vieux qu'elle et encore plus grand que Colt. Il avait des cheveux bruns et un regard intense dans les yeux ; Macie supposa qu'une personne n'aurait qu'à les regarder une fois pour reculer. Mais, grâce au petit discours de Colt l'autre soir, Macie n'avait pas peur de lui. Elle n'était pas non plus particulièrement inquiète à propos de ce qu'il pensait d'elle, essentiellement grâce à Colt, mais aussi parce que Trigger avait été tellement amical et ouvert la première fois qu'elle l'avait rencontré.

— Plus vite nous partirons, plus vite nous reviendrons, dit Trigger.

Macie le regarda et demanda :

— Est-ce que tu penses que c'est trop dangereux ? Je vais attendre Colt si tu penses que ce serait plus sûr. La dernière chose que je veux c'est te mettre en danger.

— Je peux faire face à ton ex, dit Trigger avec une once de dégoût dans la voix. Et je ne veux rien dire par là. Je sais juste que tu es plus à l'aise ici que dans ton propre appartement. Et il fait sacrément chaud ici aujourd'hui.

Macie sourit. Il semblait toujours faire chaud au

Texas, mais ce jour-là était oppressant, même selon les critères texans.

Elle enclencha l'alarme en entrant le code dans la boîte accrochée au mur puis ferma la porte à clé. Elle suivit Trigger jusqu'à son véhicule, une Porsche noire, lisse et brillante, et sourit lorsqu'il lui ouvrit la portière. Sur le chemin, elle l'interrogea sur l'élégante voiture de sport.

Trigger haussa les épaules un peu timidement.

— Je suis célibataire et j'ai économisé pas mal d'argent. Pourquoi pas ?

— Elle me plaît, le rassura Macie. Est-ce que vous avez trouvé quoi que ce soit sur Teddy ou sur ceux à qui il a demandé de s'introduire chez moi ?

Trigger soupira et passa une main dans ses cheveux.

— Pas autant qu'on le voudrait. Brain a suivi quelques pistes et nous les avons passées au détective responsable de ton affaire, mais soit Teddy est le fils de pute le plus chanceux du monde, soit il est aidé par quelqu'un qui nous a échappé.

— Je pense que c'est probablement la deuxième option. Je veux dire, je ne suis pas très sûre de moi avec les gens, mais quelque chose chez lui m'a fait baisser ma garde plus vite que d'habitude. J'ai l'impression qu'il a escroqué beaucoup de monde.

— Je sais que tu as raison, dit Trigger. Et tu ne devrais pas te sentir mal pour être sortie avec lui.

Certaines personnes ont juste plus de charisme que d'autres, et s'il a choisi de l'utiliser pour être un connard, c'est son problème, par le tien.

Macie hocha la tête, pas complètement convaincue. Sur le reste du trajet, elle se demanda pourquoi Teddy l'avait choisie. Avait-elle l'air crédule ? Elle essaya de se souvenir de la première fois qu'elle l'avait vu en personne, mais n'y parvenait pas. Cela en disait long sur ce qu'elle ressentait vraiment pour lui.

Elle pouvait se souvenir de la première fois où elle avait vu Colt. C'était dans la chambre d'hôpital de Ford, après qu'il a été blessé dans le vol à main armée de la banque de Mary. Elle avait senti une certaine alchimie entre eux à ce moment-là, mais ce fut au mariage de Ford où elle le remarqua vraiment. Il était assis près du premier rang de l'église, dans son uniforme officiel bleu de l'armée. Il avait un demi-sourire sur le visage pendant toute la cérémonie.

Macie se souvint avoir pensé qu'il avait l'air d'être un homme sur qui une femme pouvait compter.

Et elle n'avait pas eu tort.

— Nous y sommes, dit Trigger, la sortant brusquement de la légère transe dans laquelle elle se trouvait. Je vais faire le tour et t'ouvrir la portière.

Macie hocha la tête et l'observa tandis qu'il s'extirpait lui-même de la voiture de sport surbaissée et qu'il faisait le tour du véhicule à grands pas. Il lui tendit la main pour l'aider à sortir et resta juste à côté d'elle tandis qu'ils montaient les escaliers jusqu'à son appartement.

C'était la première fois qu'elle y revenait depuis plusieurs semaines. L'appartement sentait un peu le renfermé. Plissant le nez, elle se tourna pour sourire à Trigger et lui dire quelque chose à propos du fait que l'odeur était plus agréable quand elle y vivait, mais les mots restèrent coincés dans sa gorge lorsqu'elle vit Teddy debout derrière lui avec un sourire malfaisant sur le visage.

La bouche de Macie s'ouvrit pour prévenir Trigger, mais Teddy avait déjà tendu le bras et appuyé les dents d'un taser sur son flanc.

La bouche du soldat s'ouvrit sous le choc et il tomba par terre dans un bruit sourd, en se tortillant et en gémissant.

CHAPITRE DIX

— Trigger ! cria Macie avant de reculer lorsque Teddy avança calmement vers le soldat qui se tordait de douleur par terre.

— Tu as quelque chose qui m'appartient, salope, et je veux le récupérer, dit Teddy d'un ton meurtrier.

Macie recula tandis que Teddy continuait d'avancer à grands pas.

— Ce n'est pas vrai ! dit-elle, sentant les signes révélateurs d'une crise de panique traverser son corps.

— Si. Où est cette stupide boîte de souvenirs que tu rangeais dans ton dressing ? demanda Teddy.

Macie sourcilla de surprise. C'était *là* qu'il avait caché quelque chose ? Elle n'avait même pas regardé à l'intérieur de la boîte à chaussures usée, car c'était le dernier endroit où elle imaginait que quiconque cacherait quelque chose. Ce n'était pas du tout un endroit sûr et elle ne contenait que des petits souvenirs sans valeur de sa vie. Bien entendu, maintenant qu'elle savait que c'était là que Teddy avait caché ce qu'il voulait désespérément récupérer, cela avait du sens.

Elle ne parvint pas à trouver une réponse à temps et il tendit le bras, enroula une main forte autour de sa gorge et serra.

Les mains de Macie agrippèrent immédiatement la sienne et tirèrent sur ses doigts, en vain.

Elle regarda son visage, qu'elle avait un jour trouvé séduisant, ressentant à présent une terreur absolue. Ses yeux bleus étaient plissés par la colère et la barbe qu'il taillait auparavant était à présent fournie et négligée. Elle vit même ce qui ressemblait à de la nourriture coincée dans les poils.

Elle baissa les yeux vers le bras qui la serrait, essayant encore de le forcer à la lâcher, et fixa des yeux le tatouage qui s'y trouvait à présent. Elle n'avait pas vu de tatouage lorsqu'ils sortaient ensemble, mais celui-ci la terrifia. C'était un dessin en noir et blanc représentant une femme nue, avec les bras attachés devant elle et un couteau planté dans la poitrine. Du sang coulait du couteau et les mots « Les femmes sont comme des mauvaises herbes, elles doivent être exterminées » étaient écrits en cursive autour de l'image effrayante.

— Où. Est. Elle ? cracha Teddy, se penchant au-dessus d'elle et serrant davantage son cou.

La bouche de Macie s'ouvrit, mais elle ne parvint pas à prononcer un seul mot.

Réalisant de toute évidence qu'il l'empêchait de parler, Teddy relâcha sa prise, mais ne la libéra pas.

— Je vais vous tuer, toi *et* ton ami, ici et maintenant si tu ne parles pas, menaça-t-il.

— Pas ici, dit Macie dès qu'elle en fut capable.

Lui tendre un piège ne lui traversa même pas l'esprit.

— Tu ferais mieux de ne pas te foutre de moi, dit-il.

— Ce n'est pas le cas. Je l'ai emmenée quand je suis partie.

— Putain de merde, jura Teddy. Où est-elle ?

— Killeen, dit Macie. Tu peux prendre les clés de la maison et aller la chercher. Je te dirai exactement où elle est.

— Oh non, ricana Teddy. Tu viens avec moi. La dernière chose que je veux c'est que ton putain de petit copain me trouve chez lui. Tu es mon ticket pour m'assurer que j'obtiendrai ce que je veux et que je sortirai de là en un seul morceau.

Macie ne voulait pas être son ticket pour quoi que ce soit. Elle voulait juste qu'ils reprennent ses affaires et qu'il sorte de sa vie pour de bon.

À ce moment-là, Trigger gémit sur le sol, à côté d'eux, et Teddy jura à nouveau.

Il leva le taser qu'il tenait dans sa main libre et l'appuya contre le flanc de Macie.

— Bonne nuit, salope, dit-il, puis Macie n'entendit plus rien tandis que la douleur la plus intense qu'elle ait jamais ressentie traversait son corps.

* * *

Trigger leva la tête et essaya de se débarrasser de la léthargie qu'il ressentait. Puis, il essaya de se souvenir d'où il était et ce qu'il lui était arrivé. Tout était confus au début, puis tout lui revint à l'esprit d'un coup.

Il essaya de se mettre sur pied en titubant, mais ne put que se mettre à genoux avant qu'il ne se stabilise sur le sol et prenne une grande inspiration.

— Fils de pute, jura-t-il avant de mettre la main dans sa poche et de sortir son téléphone. Reconnaissant qu'il y soit, il jura à nouveau quand il réalisa que ses clés avaient disparu.

Il rampa jusqu'à la chaise la plus proche et se hissa dessus avant d'appuyer sur le numéro de son commandant dans sa liste de contacts.

— Commandant Robinson.

— Il a Macie, dit Trigger sans tergiverser.

— Quoi ? Où es-tu, Trigger ?

— Lampasas. Macie a appelé, car elle savait que vous étiez occupé et qu'elle avait besoin d'un dossier dans son appartement. Je ne voyais pas de raison de m'inquiéter quand nous sommes arrivés, mais son ex m'a tendu une embuscade par-derrière. Il m'a tasé. Je viens de me réveiller. Elle n'est plus là. Et mes clés non plus.

— Tu as besoin d'une ambulance ? demanda le commandant et Trigger secoua la tête, ébahi.

Cet homme venait d'apprendre que sa femme avait été enlevée et il s'inquiétait quand même pour *lui*.

— Non, monsieur. J'ai été immobilisé, mais j'ai entendu quelque chose à propos d'une boîte de souvenirs.

— Elle est chez moi, dit le commandant. Appelle Lefty. Il passera te chercher. J'emmène les autres avec moi. Combien de temps ?

Trigger savait exactement ce qu'il voulait dire. Il regarda sa montre.

— J'estime que ça fait entre vingt et vingt-cinq minutes.

— Bien reçu.

Puis le téléphone devint silencieux et Trigger sut que son commandant était en route. Il fit une prière silencieuse pour que Macie soit capable de garder le contrôle d'elle-même et d'agir intelligemment jusqu'à son homme puisse la récupérer.

Car il n'y avait aucun doute quant au fait que le Commandant Colton Robinson récupérerait Macie. Et l'état dans lequel il la retrouverait déterminerait si Teddy était un homme mort ou pas.

* * *

Colt raccrocha avec Oz, l'un des Deltas qui étaient sous ses ordres, et frappa à la fenêtre de la salle de conférence. Il fit un signe de la main et les sept hommes qui étaient à l'intérieur reculèrent immédiatement leurs chaises et se précipitèrent vers la porte.

Colt ne se donna pas la peine de les attendre. Ils le rattrapèrent et il les informa de ce qu'il se passait tout en avançant.

Oz appellerait les autres et leur dirait de les retrouver chez Colt. Il n'y avait pas assez de temps pour qu'ils se rassemblent tous et qu'ils établissent un plan. Ils devraient improviser.

En moins de deux minutes, Colt était en train de monter dans sa Wrangler et Truck, Ghost et Fletch également. Il n'écoutait Ghost qu'à moitié tandis que celui-ci parlait de la stratégie et indiquait qui allait établir un périmètre autour de la maison pour s'assurer que Teddy ne s'échapperait pas une fois qu'ils seraient entrés.

Il ne pouvait que penser à Macie. S'il ne touchait qu'à un seul cheveu de sa tête, il le paierait cher.

— Alors il a caché ce truc dans la boîte à souvenirs ? demanda Fletch.

— Je le suppose. C'est une boîte à chaussures usée. Mace m'a dit qu'elle y gardait des souvenirs d'elle et Truck.

— Je vais le tuer, putain, dit Truck, et Colt savait qu'il devait contenir ses hommes.

— Si quelqu'un va le tuer, c'est *moi*. Compris ?

Il entendit deux « Oui, monsieur », et jeta un œil à Truck.

— Laughlin ?

— Sans vouloir vous manquer de respect, monsieur, c'est ma sœur.

— Et c'est la femme que j'aime, rétorqua Colt. J'ai besoin que tu gardes la tête froide, car *je* ne peux pas le faire. J'ai besoin que tu me couvres, dit-il à l'homme bien plus grand que lui. Si je finis en prison, ta sœur sera toute seule, et elle s'en voudra.

— Elle ne sera pas seule, rétorqua Truck. Elle m'aura, moi, et tous les autres.

Colt ne répondit pas et adressa à peine un regard à son soldat.

Finalement, Truck céda.

— Je comprends, monsieur. Et je vous couvre. Nous vous couvrons tous.

Colt hocha la tête. C'était le meilleur plan qu'ils allaient avoir avant qu'ils ne tournent dans la rue. Il n'y avait plus de temps pour discuter.

La Porsche de Trigger était garée dans l'allée et tous les muscles de Colt se mirent en alerte rouge. Ils ne pouvaient pas être chez lui depuis longtemps, mais chaque minute que Macie passait seule avec son connard d'ex était de trop.

Colt arrêta la Jeep à deux maisons de la sienne et les quatre hommes sortirent sans dire un mot. Il entendit un son derrière lui et se retourna pour voir trois autres voitures s'arrêter et le reste de ses hommes sortir des véhicules. Ghost se mit rapidement en contact avec eux et la plupart des hommes disparurent dans le quartier. Colt savait qu'ils allaient se mettre en position autour de sa maison, s'assurant que Teddy – et, que Dieu l'en préserve, personne d'autre avec lui – réussisse à s'échapper.

Cela le laissait avec Truck et Ghost. Colt regarda ses hommes... et il sentit une étrange tranquillité s'installer dans son corps. Teddy avait pris la décision de poser la main sur la femme de Colt et il en paierait le prix.

Colt mena le groupe jusqu'à la porte d'entrée. Il savait que Macie utilisait le code de sécurité, et étant donné qu'il n'avait pas reçu d'appel téléphonique lui demandant son mot de passe, il supposa qu'elle avait correctement entré le code lorsqu'elle avait ouvert à Teddy. Il tourna lentement la poignée de la porte d'entrée et retint sa respiration tandis qu'il l'ouvrait. Lorsque le système de sécurité ne commença pas à biper immédiatement, lui indiquant qu'il devait entrer le code, il pensa : « Bonne fille ». Macie n'avait pas enclenché l'alarme lorsqu'elle était entrée, ce qui aurait alerté Colt, mais ne l'avait pas non plus réinitialisée, leur permettant, à lui et ses hommes, d'entrer sans être détectés.

Colt n'avait pas son arme, mais il n'en avait pas besoin. *Il* était une arme. Une arme mortelle.

Au début, il n'entendit personne dans la maison, et son cœur sombra à l'idée qu'il soit peut-être arrivé trop tard, mais ensuite, il entendit une voix d'homme à l'étage.

Doucement et silencieusement, Colt monta les escaliers. Plus il avançait, plus il pouvait clairement entendre ce que Teddy disait.

— Tu es tellement stupide ! Je n'arrive pas à croire que tu aies gardé cette merde pendant toutes ces années. Qu'est-ce que c'est que ça ? Le talon d'un billet ? Putain… ridicule. Et une serviette ? Dégoûtant ! Qu'est-ce que c'est que ça ? Une photo ? Qu'est-ce que c'est que *ça*, bordel ?

— Teddy, non, supplia Macie, la peur facilement reconnaissable dans sa voix.

— Est-ce que c'est une échographie ? Ne me dis pas que tu as un gosse caché quelque part !

— Non. *S'il te plaît*, donne-la-moi.

— Tu veux savoir pourquoi je t'ai choisie ? demanda Teddy, mais il n'attendit pas la réponse de Macie pour répondre à sa propre question. Parce que tu es *faible*. Tu as peur de ta propre ombre. Je savais que tu serais facile à manipuler, et j'avais raison. Mais ensuite, il a fallu que tu commences à avoir du cran.

— Tu as caché de la drogue dans mon appartement, dit Macie d'une voix tremblante.

Colt fit signe à Truck et Ghost de le dépasser et de se poster de l'autre côté de la porte de la chambre. Ils devaient entrer de manière coordonnée s'ils voulaient surprendre Teddy et se mettre entre lui et Macie.

— Ce n'est pas ma faute si tu n'as pas un soupçon de décence humaine dans le corps. Si tu ne m'avais pas abandonnée au restaurant quand j'ai eu ma crise de panique, je pourrais être encore en train de sortir avec toi.

— Salope ! dit Teddy.

Puis, il y eut un son de papier déchiré et la voix angoissée de Macie cria :

— Non !

— Maintenant, murmura Colt, et tous ensemble, les trois soldats entrèrent dans la pièce.

Colt eut le temps de voir Macie à genoux sur le sol, devant des morceaux de papier déchirés et d'autres objets.

Theodore Dorentes les vit avant Macie et il se jeta sur elle, son taser à la main.

Plus tard, Colt pensa qu'il aurait peut-être agi différemment si l'homme s'était lancé sur *lui* avec le taser... mais ce ne fut pas le cas. Il cibla Macie, qui ne le regardait pas et ne pouvait pas se protéger.

Colt se jeta sur Teddy. Les dents du taser craquèrent étrangement dans la pièce silencieuse, mais Colt ne les sentit même pas toucher son torse. Son bras était déjà en train de bouger vers le visage de l'autre homme et même si l'électricité qui se déplaçait dans le système de Colt bloquait ses nerfs, il élança le poids de son corps derrière son poing et parvint à heurter Teddy de son corps en tombant.

Il sentit le nez de Teddy se briser sous son poing et sa tête fit un mouvement brusque en arrière sous la puissance du coup.

Les deux hommes tombèrent l'un sur l'autre à quelques dizaines de centimètres des pieds de Macie. En quelques secondes, Ghost tira Teddy, qui se trouvait sous Colt, et donna un coup de pied dans le taser. Colt obligea son corps à bouger, ravi que Teddy ait lâché l'appareil lorsqu'il l'avait frappé au visage.

Quand Colt retrouva ses esprits et qu'il se tourna vers Macie, Truck l'avait déjà prise dans ses bras et lui tournait le dos, protégeant sa sœur de ce qu'il pourrait se passer ensuite.

Colt rampa jusqu'à eux et tira le bras de Truck. Étonnamment, Truck lâcha sa sœur et la poussa presque dans les bras de Colt. Il sentit Macie trembler et se mit dans la même position que Truck, la prenant dans ses bras et la protégeant en tournant le dos à la pièce.

En quelques instants, plusieurs soldats des Forces Spéciales énervés et nerveux entrèrent, mais Colt ne pouvait qu'enfouir son visage dans les cheveux de Macie et la bercer.

Finalement, il réalisa qu'au lieu d'être hystérique, elle essayait de *le* calmer.

— Je vais bien, Colt. Tu es arrivé à temps. Je vais bien.

Prenant une grande inspiration, Colt releva la tête et se rendit compte qu'il avait pleuré, et il ne l'avait même pas remarqué. Macie bougea dans son étreinte et essuya les larmes de ses joues.

— Je vais bien, murmura-t-elle.

— Il est mort, dit Ghost d'un ton neutre.

— Mort ? s'exclama Macie.

Ce fut le ton de sa voix qui fit sortir Colt de son hébétement. Il se leva et aida Macie à se relever également. Puis, il appuya sa joue contre son torse et se tourna pour regarder Teddy et Ghost.

L'homme était allongé sur le sol, les yeux ouverts, fixant le plafond sans le voir.

— À mon avis, je pense que tu as sectionné une artère cérébrale. La force de sa tête quand elle s'est tordue a probablement brisé l'artère et ensuite, le fait qu'il ait heurté le sol n'a pas dû aider. Il est bien mort, confirma Ghost.

— Merde, dit Colt entre ses dents. Il n'avait pas eu l'intention de le tuer, simplement de l'empêcher de faire du mal à Macie.

— Légitime défense, dit Lucky catégoriquement.

Colt se tourna vers lui.

— C'était le cas, mais je ne suis pas sûr que qui que ce soit va me croire.

— Ils le croiront quand ils verront la vidéo, dit Lucky nonchalamment.

— La vidéo ? demanda Macie, la voix étouffée parce qu'elle était appuyée contre Colt.

— Je ne pars jamais de chez moi sans, lança malicieusement Lucky. J'ai pris l'échelle et j'allais briser la fenêtre quand vous êtes passé à l'action. J'ai tout filmé. Commandant, vous étiez bien en train de protéger Macie d'être blessée davantage.

Colt ferma les yeux de soulagement.

Il sentit une main sur son épaule et se tourna vers Truck.

— Je vous en dois une, monsieur. Une sacrée.

Colt regarda le grand homme et saisit l'occasion tant qu'il le pouvait.

— Je veux la permission de demander à ta sœur de m'épouser. Étant donné que son père est un connard, je n'ai personne d'autre à qui le demander.

Il entendit Macie pousser un cri de surprise et sentit ses bras se serrer autour de lui, mais Colt soutint le regard de Truck.

Les deux hommes se regardèrent un long moment avant que Truck n'acquiesce.

— À une condition.

— Dis-moi.

— Je veux être là pour vous la donner. Je me fiche

que vous fassiez quelque chose de rapide au palais de justice, que vous alliez à Las Vegas ou que vous fassiez une véritable fête. Je veux être là.

— Marché conclu, dit Colt sans avoir à y réfléchir.

Ce n'était même pas une concession, il avait déjà prévu de demander à Truck d'être présent à leur mariage, peu importe où et quand il aurait lieu.

— Madame ? dit Grover d'une voix grave et rauque.

Colt se tourna vers son soldat, qui tenait les morceaux de papier qui avaient été déchirés.

Macie haleta et tendit les mains en criant. Elle saisit l'échographie de son bébé perdu depuis longtemps et sanglota.

Colt se sentit impuissant. Il ne savait pas quoi faire pour régler cela.

— Je peux y jeter un œil ? demanda Brain.

Macie laissa l'autre homme lui prendre les morceaux de papier.

— Je pense que je peux arranger ça, dit Brain une fois qu'il eut examiné l'échographie.

Colt lui lança un regard noir, ne souhaitant pas donner de faux espoirs à Macie.

— Vraiment ? demanda-t-elle.

— Eh bien, je ne peux pas faire en sorte qu'elle soit parfaite, mais je peux scanner les morceaux, les remettre ensemble par ordinateur et l'imprimer à nouveau. Elle ne sera pas comme neuve, mais elle ne sera vraiment pas loin de l'être, dit Brain avec assurance.

Colt put voir Truck observer la situation avec une expression des plus tristes sur le visage tandis qu'il comprenait ce que Brain tenait à la main et la raison pour laquelle sa sœur était aussi bouleversée. Il était évident que le frère et la sœur devaient discuter.

— J'en serais ravie, dit Macie, sa voix se brisant à ces mots.

— J'ai appelé la police, dit Ghost, interrompant la scène. Je conseille que tout le monde disparaisse à part Truck, Macie, le commandant, Lucky et moi-même. Lucky, nous devons rester étant donné que tu as la vidéo. Ne touchez à rien. Ce sont des preuves.

Colt savait qu'il devrait prendre les choses sous contrôle à la place de Ghost, mais la seule personne dont il se préoccupait à ce moment-là était Macie. Il la souleva, la sortit de la chambre et descendit au rez-de-chaussée pour attendre la police.

Deux heures plus tard, Macie eut l'impression que sa tête allait exploser. Elle était assise sur les genoux de Colt, sur le canapé, avec ses bras autour d'elle. Truck était allé lui chercher un cachet de Vistaril, mais cela ne l'avait pas aidée avec la migraine due à l'angoisse qui avait commencé au moment où elle s'était réveillée dans la Porsche de Trigger avec Teddy au volant.

Elle avait expliqué à la police au moins trois fois tout ce dont elle se souvenait. Teddy s'était vanté d'avoir tué les deux brutes qui s'étaient introduites chez elle, car ils avaient échoué en essayant de récupérer la boîte à souvenirs. C'était pour cette raison que la police n'avait pas réussi à les retrouver.

Puis, elle avait appris qu'il avait caché une petite quantité de drogue dans sa boîte, mais ce n'était pas pour cette raison qu'il souhaitait la récupérer aussi désespérément. Il avait également caché une liste de ses fournisseurs dedans. Elle savait que si elle la trouvait et qu'elle la donnait à la police, il serait un homme mort. Ses fournisseurs le tueraient pour avoir été aussi imprudent. Pour quelqu'un d'aussi désespéré que lui, il était d'une patience macabre. Il avait attendu des semaines que Macie revienne chez elle pour pouvoir la confronter en personne et découvrir ce qu'elle avait fait de la boîte à chaussures. Il était plutôt évident qu'il avait eu l'intention de la tuer, tout comme il l'avait fait avec ses « amis », après avoir récupéré la liste.

Macie était heureuse de voir que Trigger allait bien. Apparemment, Teddy l'avait frappé après l'avoir tasé une seconde fois, pour essayer de s'assurer qu'il l'avait assommé pour longtemps, donnant à Teddy le temps d'aller à Killeen pour récupérer la liste.

Elle s'assura que les officiers qui l'interrogeaient

sachent qu'elle avait cru Teddy quand il lui avait dit qu'il allait la tuer. Colt l'avait rassurée avant que la police n'arrive quant au fait qu'il ne serait pas arrêté. La loi « Stand your ground » de l'état du Texas signifiait qu'il n'avait pas besoin d'essayer de battre en retraite sur sa propre propriété avant d'utiliser une force mortelle pour se défendre ou défendre Macie. Colt lui avait vraiment sauvé la vie. Macie n'en doutait pas ni du fait que Teddy l'aurait torturée avant de la tuer s'il en avait eu l'opportunité.

Grâce à Lucky, qui semblait apparemment être toujours au bon endroit au bon moment, et à sa vidéo, la police n'arrêterait pas Colt. Après avoir vérifié ses antécédents et avoir découvert ce qu'il faisait sur la base militaire, ils lui avaient indiqué de ne pas quitter la ville et d'être disponible pour une quelconque question qu'ils pourraient avoir, mais ils ne lui passèrent pas les menottes et ne l'emmenèrent pas au poste pour l'interroger.

Macie continua de détourner le regard quand le médecin légiste entra et poussa le corps de Teddy sur un brancard pour le sortir de la maison. Toute la situation lui semblait surréaliste.

Truck, Ghost et Lucky étaient restés tout le temps de l'interrogatoire de Colt et elle par la police. À un moment, Truck disparut à l'étage et redescendit avec la boîte à chaussures. Il la plaça soigneusement à côté de l'ordinateur de Macie sur la table de la salle à manger et lui adressa un coup d'œil ; Macie savait que cela signifiait qu'il voudrait parler du contenu plus tard.

En regardant l'ordinateur, Macie grimaça.

— Qu'est-ce qu'il y a ? As-tu mal quelque part ? demanda Colt.

— Non. Je veux dire, oui, mais ce n'est pas ça, dit Macie. Je suis allée chez moi pour aller chercher un dossier dont j'avais besoin pour aider une auteure avec son site internet, mais je ne l'ai jamais pris et elle a encore besoin d'aide.

— Je suis sûr qu'elle comprendra, dit Truck.

— Non, je ne pense pas. Tu ne comprends pas. Ces auteurs comptent sur moi pour effectuer leur travail. Oui, il se peut qu'elle soit désolée pour ce qu'il s'est passé, mais cela ne veut pas dire qu'elle n'a plus besoin que son site internet soit arrangé.

— Tu peux le faire demain, dit doucement Colt. Je demanderai à un des gars d'aller chez toi, de prendre toutes tes affaires et de les amener ici. Ensuite, tu n'auras plus à t'inquiéter de ce que tu as ou pas.

Même si elle avait mal à la tête, et qu'elle ne désirait rien de plus que de s'asseoir dans une pièce sombre et de dormir, Macie se tourna vers Colt.

— Est-ce que tu viens de me demander d'emménager avec toi ?

— Non, dit-il. Je t'ai *dit* que tu emménageais avec moi.

Macie rit et ferma les yeux. Elle posa sa tête sur son épaule et soupira.

— Je suis trop fatiguée et j'ai trop mal à la tête pour discuter avec toi maintenant.

Elle entendit un bruissement ainsi que Truck et Lefty disant au revoir à Colt. Puis, la pièce fut silencieuse et Macie n'ouvrit toujours pas les yeux.

— Si tu ne veux vraiment pas emménager ici, je veux bien trouver un compromis, dit doucement Colt.

Se sentant enfin détendue grâce au cachet qu'elle avait pris, Macie dit :

— Je ne désire rien de plus que d'emménager avec toi, Colt. Simplement, je ne peux pas m'empêcher de me demander ce que tous les autres pensent. Nous ne nous connaissons pas depuis longtemps.

— Je m'en fiche, dit Colt après un moment. Et je me fiche de ce que les autres pensent. Il n'y a que ce que *tu* penses qui importe. Si tu crois vraiment que cela va trop vite, alors je ferai un pas en arrière et nous pourrons aller passer la nuit l'un chez l'autre. Je veux que tu sois à l'aise avec notre relation. Mais je vais te dire où j'en suis : j'ai déjà commencé à regarder des bagues. J'ai demandé à ton frère la permission de te demander en mariage. J'ai prévenu mon officier supérieur que j'aurai peut-être besoin de vacances dans un futur proche pour aller en lune de miel... et j'ai demandé autour de moi qui est le meilleur obstétricien de la région. Je suis là pour longtemps. Je ne peux pas remplacer la fille que tu as perdue, mais je peux faire tout ce qu'il faudra pour te donner d'autres enfants.

— Tu veux avoir des enfants ? demanda-t-elle, incrédule.

— Honnêtement ? Ce n'était pas le cas avant de te connaître. Mais maintenant, je ne peux pas m'empêcher de penser à la formidable mère que tu seras. Je peux presque imaginer tes beaux yeux et tes traits sur nos enfants. Si cela ne te dérange pas que je sois un vieux schnoque quand ils entreront au lycée, alors j'ai envie de te donner autant d'enfants que tu le désires.

Macie sentait son cœur battre rapidement dans sa poitrine, mais pour une fois ce jour-là, ce n'était pas à cause de son angoisse. Oh, elle était encore terriblement nerveuse à l'idée d'emménager avec Colt, mais elle ne pouvait pas s'empêcher d'être enthousiaste face à la perspective de passer le reste de sa vie avec lui.

— Si on t'envoie en prison, est-ce que j'aurai le droit à des visites conjugales ? le taquina-t-elle.

Colt leva les yeux au ciel.

— Grâce à Lucky, je n'irai pas en prison. Est-ce que tu... Je ne voulais pas le tuer, dit Colt, et Macie entendit l'inquiétude dans sa voix.

Elle détestait le fait qu'il soit incertain à propos de sa réaction face à ce qu'il avait fait.

S'obligeant à ouvrir les yeux, elle se redressa et se mit à califourchon sur l'homme qu'elle aimait. Elle le regarda dans les yeux et dit clairement :

— Je sais que tu ne voulais pas le faire. Et tu as fait ce que tu avais à faire. Je me sens plus en sécurité jour après jour grâce à toi. Je sais que tu seras le père le plus protecteur qu'un enfant puisse avoir, et cela m'apaise.

Il soupira de soulagement.

— Mais je serai toujours une épave de nervosité, le prévint Macie. Et si nous avons des enfants, cela sera sans doute pire. Je vais avoir besoin que tu équilibres ça avec nos enfants. La dernière chose que je veux, c'est qu'ils apprennent à avoir peur du monde comme moi.

— Tu n'as pas peur du monde, rétorqua Colt. Et je t'aime exactement comme tu es. Tu me donnes l'impression d'être nécessaire. Bien entendu, je pourrais sortir et trouver une femme sûre d'elle à cent pour cent, qui pourrait prendre soin d'elle et de ses quatorze enfants, mais ce n'est pas ce que je veux. Ce n'est pas *celle* que je veux. Je te veux toi. Chaque centimètre splendide et ravissant de toi. Tu n'as aucun défaut à mes yeux, Macie. Tu es parfaite, et je te le rappellerai tous les jours de notre vie si tu me laisses faire.

— J'adorerai emménager avec toi, dit doucement Macie.

— Bien. J'appellerai mes hommes demain matin et tes affaires seront ici avant midi, et tu pourras arranger le site internet de l'auteure, et nous pourrons être de retour au lit pour essayer de faire un bébé avant le dîner.

Macie leva les yeux au ciel et gloussa. Il tirait sur la corde, mais elle ne le lui fit pas remarquer.

— Je suis prête pour une sieste, dit-elle à la place.

Sans un mot, Colt se leva, prenant Macie avec lui. Elle enroula ses jambes autour de sa taille et sentit ses mains sur ses fesses, la maintenant contre lui tandis qu'il se dirigeait vers les escaliers. Il l'emmena dans la chambre d'amis et la posa sur le lit queen size.

Alors qu'elle était sur le point de lui demander pourquoi, il posa un doigt sur ses lèvres.

— Juste pour cette nuit. Demain est assez tôt pour faire face aux démons qui persistent dans l'autre pièce. D'accord ?

— D'accord, dit-elle.

Puis, après coup, elle demanda :

— Est-ce qu'il y a un moyen de sortir de cette pièce... juste au cas où ?

Il sourit, écarta ses cheveux de son front et désigna la fenêtre d'un geste de la tête.

— Je suis allé chercher des échelles de corde après que tu as sauté par la fenêtre de ton appartement. Il y en a une dans chaque pièce, à cet étage.

— Je t'aime, dit Macie en fermant les yeux.

Elle sentit les lèvres de Colt sur son front et l'entendit dire :

— Je t'aime aussi.

ÉPILOGUE

— Je peux te demander quelque chose ? dit Macie.

Colt gloussa et resserra son bras autour de la taille de sa femme. Ils étaient allongés, nus et rassasiés l'un dans les bras de l'autre. Ils étaient en lune de miel dans un hôtel de luxe aux Caraïbes. Louer une chambre juste au bord de l'eau avait coûté un bras, mais cela avait valu chaque centime lorsqu'il avait vu à quel point Macie était soulagée.

Enceinte de six mois, il pensait qu'elle était la plus belle femme du monde, mais elle n'était pas vraiment prête à défiler sur les plages publiques avec son gros ventre.

— Je n'arrête pas de te dire que tu n'as pas à me demander si tu peux me demander quelque chose. Tu peux juste demander, lui dit Colt en souriant.

Elle fit tourner son doigt autour de l'un de ses

tétons et Colt se força à prêter attention à ce qu'elle disait plutôt que de la mettre sur le dos et de lui faire à nouveau l'amour.

Macie était tombée enceinte presque dès qu'ils avaient commencé à essayer. C'était arrivé si vite qu'il ne lui avait même pas encore demandé officiellement de l'épouser. Il avait rectifié cela immédiatement et la nuit où elle avait dit oui, il avait appelé Truck et lui avait dit de libérer son emploi du temps, car dès qu'ils obtiendraient un rendez-vous, ils se feraient marier par un juge de paix.

Colt savait sans avoir à le demander que Macie détesterait un grand mariage. Elle détesterait avoir tous ces gens qui la fixent du regard et elle se ferait un sang d'encre pour chaque petit détail. La cérémonie discrète au palais de justice lui avait donc paru parfaite.

Cela n'empêcha pas les femmes des hommes sous ses ordres de leur organiser une énorme fête. Colt avait été soulagé de voir que cela ne semblait pas avoir dérangé Macie, et en réalité, elle s'était énormément amusée cette nuit-là.

— Mary m'a parlé de cette mission à laquelle tu as participé, et tu m'as expliqué ce qu'il s'était passé… mais je l'ai entendue parler avec Casey plus tard et elle a dit autre chose à propos de toi.

Colt ne se raidit même pas à la mention de cette journée qui avait eu lieu si longtemps auparavant.

Macie ne l'aimait pas moins pour cela, et il l'avait finalement accepté lui-même. Gris et sa famille étaient venus à leur mariage et cela avait été une surprise. Truck avait appris son existence et l'avait appelé pour l'inviter. Il avait été tellement bon de voir son ami aussi heureux et tranquille ; cela avait aidé Colt à estomper ce qui lui restait de culpabilité par rapport à ce qui s'était déroulé des années auparavant.

— Qu'est-ce qu'elle a dit, chérie ? demanda Colt.

— Elle a demandé à Casey si elle devrait me parler d'une fois où tu as refusé de laisser l'un des soldats de ton unité partir quand son bébé est né.

Colt savait exactement de quoi elle parlait.

— Mary a raison. Je l'ai bien fait.

— Pourquoi ?

Colt sourit. Il adorait le fait que Macie ne devienne pas susceptible et qu'elle ne lui dise pas qu'il n'avait pas de cœur. Elle laissait toujours le bénéfice du doute aux gens. C'était l'une des millions de choses qu'il adorait chez elle.

— Le soldat en question était marié à l'époque et la femme qui accouchait de son enfant n'était pas son épouse. Il trompait sa femme depuis des mois. J'avais les mains liées. D'après le Code unifié de Justice militaire, l'adultère est une conduite inacceptable et un soldat peut être déclassé en conséquence. Ce type n'était pas légalement séparé et il se fichait de qui était au courant pour cette autre femme. Non seulement ça, mais l'autre femme savait qu'il était marié et apparemment, *elle* s'en fichait aussi.

J'ai refusé de laisser ce soldat prendre une permission, car je savais qu'il allait mentir à sa femme à propos de l'endroit où il allait et des raisons pour lesquelles il le faisait. Non seulement je ne l'ai pas laissé partir, mais j'ai fait de mon mieux pour le traduire en cour martiale aussi.

— Waouh. Est-ce qu'il a été viré de l'armée ? demanda Macie, en se redressant sur un coude pour pouvoir le regarder en face.

Colt secoua la tête.

— Non. Il a été déclassé au rang de simple soldat, mais on l'a autorisé à rester. C'est le genre de soldat que je déteste. Ils ne sont pas dans les forces armées pour servir le pays. Je n'ai rien contre les hommes et les femmes qui s'engagent pour la bourse universitaire, ou parce qu'ils ont besoin d'aide pour subvenir aux besoins de leur famille, ou même parce qu'ils ne savent pas quoi faire de leurs vies. Mais je déteste ceux qui essaient de soutirer tous les centimes qu'ils peuvent du gouvernement. Ce sont souvent des lâches et des brutes, et ils sont en partie la raison pour laquelle j'ai sauté sur l'opportunité de commander les unités de la Delta Force ici, au Texas.

Macie reposa sa tête sur son épaule.

— D'autres questions ?

Elle secoua la tête.

— Non. Pour information, je savais que tu avais certainement une bonne raison. Cela ne te ressemble tout simplement pas d'être un connard juste pour le plaisir.

Colt partit d'un petit rire.

— Je peux vraiment être un connard, lui dit-il. Demande à ton frère.

Macie secoua la tête.

— Non. C'est différent. Tu le faisais pour les aider à devenir de meilleurs soldats.

— Il t'a raconté des histoires, hein ? demanda Colt.

Il sentit Macie sourire contre lui.

— Oui. J'ai entendu quelques trucs, acquiesça-t-elle.

— Truck et toi êtes en bons termes, n'est-ce pas ?

Macie acquiesça.

— Oui. Ça a été difficile de lui parler, mais je lui ai dit pour mon bébé et je lui ai raconté ce que nos parents ont fait. Il était en colère, tout comme toi, mais il ne m'a pas jugée comme je le pensais. C'est bon de l'avoir à nouveau dans ma vie, admit-elle.

— Je sais qu'il ressent la même chose, la rassura Colt.

Ils ne dirent rien pendant un moment, se contentèrent d'écouter le bruit des vagues sur la plage, derrière la porte-moustiquaire de leur chambre.

— Je suis inquiète pour Trigger et les autres, dit-elle finalement.

— Pourquoi ?

— Parce qu'ils sont seuls.

— Quoi ? Pourquoi est-ce que tu penses ça ?

— Je le sens, c'est tout, dit Macie.

— Je suis sûr que quand le moment arrivera, la femme qu'il leur faut viendra pour chacun d'entre eux, dit Colt pour rassurer sa femme.

— Et s'ils ne la cherchaient pas ? Elle pourrait être juste sous leur nez et ils ne s'en rendraient même pas compte. Ils ne s'en rendraient pas compte, et seraient possiblement seuls pour le reste de leurs vies.

Colt retint le gloussement qui menaçait de sortir. Les hormones qui traversaient le corps de Macie la rendaient encore plus émotive à propos de tout dernièrement. Il adorait le fait qu'elle soit inquiète pour ses hommes, mais il savait qu'ils éclateraient de rire s'ils entendaient son évaluation de leurs vies amoureuses.

— Ils le sauront quand ils la verront, lui dit-il.

— Hmmm, marmonna-t-elle, de toute évidence pas convaincue.

Prenant note mentalement d'avertir Trigger quant au fait que sa femme était déterminée à les voir, lui et le reste des hommes de son équipe, être heureux en ménage, Colt décida de détourner son attention d'eux et de la recentrer sur lui.

Il changea de position jusqu'à être sur Macie et déposa des baisers le long de son corps. Il passa beaucoup de temps à embrasser et caresser son beau ventre rond et à murmurer des mots d'amour à leur fille qui était nichée à l'intérieur, puis continua jusqu'à ce qu'il soit entre ses jambes.

— Encore ? dit-elle, feignant de se plaindre.

— Encore, confirma Colt tout en baissant la tête. Il savait que Macie adorait cela, presque plus que toutes les autres façons dont il lui faisait l'amour, et il était déterminé à s'assurer qu'elle *adorerait* chaque seconde de leur lune de miel.

Il ferait n'importe quoi pour sa femme. Il remuerait ciel et terre pour la rendre heureuse et satisfaite. Il avait beau l'avoir sauvée de son ex, elle le lui avait rendu plus de dix fois. Il était plus heureux que jamais et n'avait jamais été aussi enthousiaste pour l'avenir qu'à présent.

La vie est belle. Il en tenait la preuve entre ses mains.

DU MÊME AUTEUR

Autres livres de Susan Stoker

Delta Force Heroes Series

Un héros pour Rayne

Un héros pour Emily

Un héros pour Harley

Un mari pour Emily

Un héros pour Kassie

Un héros pour Bryn

Un héros pour Casey

Un héros pour Wendy

Un héros pour Mary

Un héros pour Macie

Un héros pour Sadie (Aug)

Forces Très Spéciales Series

Un Protecteur Pour Caroline

Un Protecteur Pour Alabama

Un Protecteur Pour Fiona

Un Mari Pour Caroline

Un Protecteur Pour Summer

Un Protecteur Pour Cheyenne

Un Protecteur Pour Jessyka

Un Protecteur Pour Julie

Un Protecteur Pour Melody

Un Protecteur Pour the Future

Un Protecteur Pour Kiera

Un Protecteur Pour Les Enfants de Alabama

Un Protecteur Pour Dakota

<u>Mercenaires Rebelles</u>

Un Défenseur pour Allye

Un Défenseur pour Chloe

Un Défenseur pour Morgan

Un Défenseur pour Harlow

Un Défenseur pour Everly

Un Défenseur pour Zara

Un Défenseur pour Raven

<u>Ace Sécurité</u>

Au Secours de Grace

Au Secours de Alexis

Au Secours de Bailey

Au Secours de Felicity

Au Secours de Sarah

* * *

<u>**En Anglai**</u>

<u>**Delta Force Heroes Series**</u>

Rescuing Rayne

Rescuing Emily

Rescuing Harley

Marrying Emily (novella)

Rescuing Kassie

Rescuing Bryn

Rescuing Casey

Rescuing Sadie (novella)

Rescuing Wendy

Rescuing Mary

Rescuing Macie (novella)

<u>**Delta Team Two Series**</u>

Shielding Gillian

Shielding Kinley (Aug 2020)

Shielding Aspen (Oct 2020)

Shielding Riley (Jan 2021)

Shielding Devyn (May 2021)

Shielding Ember (Sept 2021)

Shielding Sierra (TBA)

SEAL of Protection: Legacy Series

Securing Caite

Securing Brenae (novella)

Securing Sidney

Securing Piper

Securing Zoey

Securing Avery

Securing Kalee (Sept 2020)

Securing Jane (Feb 2021)

SEAL Team Hawaii Series

Finding Elodie (Apr 2021)

Finding Lexie (Aug 2021)

Finding Kenna (Oct 2021)

Finding Monica (TBA)

Finding Carly (TBA)

Finding Ashlyn (TBA)

Ace Security Series

Claiming Grace

Claiming Alexis

Claiming Bailey

Claiming Felicity

Claiming Sarah

Mountain Mercenaries Series

Defending Allye

Defending Chloe

Defending Morgan

Defending Harlow

Defending Everly

Defending Zara

Defending Raven

Silverstone Series

Trusting Skylar (Dec 2020)

Trusting Taylor (Mar 2021)

Trusting Molly (July 2021)

Trusting Cassidy (Dec 2021)

SEAL of Protection Series

Protecting Caroline

Protecting Alabama

Protecting Fiona

Marrying Caroline (novella)

Protecting Summer

Protecting Cheyenne

Protecting Jessyka

Protecting Julie (novella)

Protecting Melody

Protecting the Future

Protecting Kiera (novella)

Protecting Alabama's Kids (novella)

Protecting Dakota

Badge of Honor: Texas Heroes Series

Justice for Mackenzie

Justice for Mickie

Justice for Corrie

Justice for Laine (novella)

Shelter for Elizabeth

Justice for Boone

Shelter for Adeline

Shelter for Sophie

Justice for Erin

Justice for Milena

Shelter for Blythe

Justice for Hope

Shelter for Quinn

Shelter for Koren

Shelter for Penelope

À PROPOS DE L'AUTEUR

Susan Stoker est une auteure de best-sellers aux classements du New York Times, de USA Today et du Wall Street Journal. Elle a notamment écrit les séries Badge of Honor: Texas Heroes, SEAL of Protection et Delta Force Heroes. Mariée à un sous-officier de l'armée américaine à la retraite, Susan a vécu dans tous les États-Unis, du Missouri jusqu'en Californie en passant par le Colorado, et elle habite actuellement sous le vaste ciel du Tennessee. Fervente adepte des fins heureuses, Susan aime écrire des romans où les sentiments laissent place au grand amour.

http://www.StokerAces.com

facebook.com/authorsusanstoker

twitter.com/Susan_Stoker

instagram.com/authorsusanstoker

goodreads.com/SusanStoker